U0964875

# 妙趣人生

蔡澜 著

SPM 南方传媒 | 广东人民出版社
·广州·

图书在版编目（CIP）数据

妙趣人生 / 蔡澜著. — 广州：广东人民出版社，2017.12（2023.6重印）

ISBN 978-7-218-12367-7

Ⅰ. ①妙… Ⅱ. ①蔡… Ⅲ. ①随笔 — 作品集 — 中国 — 当代 Ⅳ. ① I267. 1

中国版本图书馆CIP数据核字（2017）第296976号

MIAOQU RENSHENG

妙趣人生

蔡 澜 著

版权所有 翻印必究

出 版 人：肖风华

总 策 划：肖风华

责任编辑：钱飞遥

责任技编：吴彦斌 周星奎

出版发行：广东人民出版社

地 址：广州市越秀区大沙头四马路10号（邮政编码：510199）

电 话：（020）85716809（总编室）

传 真：（020）83289585

网 址：http: //www. gdpph. com

印 刷：唐山富达印务有限公司

开 本：889 毫米 × 1194 毫米 1/32

印 张：9.5 字 数：220千

版 次：2017年12月第1版

印 次：2023年6月第3次印刷

定 价：56.00元

如发现印装质量问题，影响阅读，请与出版社（020-87712513）联系调换。

售书热线：（020）87717307

# 目　录

# 拾忆

小时住的地方好大，有二万六千平方呎[①]。

记得很清楚，花园里有个羽毛球场，哥哥姐姐的朋友放学后总在那里练习，每个人都想成为“汤姆士杯”的得主。

屋子原来是个英籍犹太人住的，一楼很矮，二楼较高，但是一反旧屋的建筑传统，窗门特别多，到了晚上，一关就有一百多扇。

由大门进去，两旁种满了红毛丹，每年结实，树干给压得弯弯的，用根长竹竿剪刀切下，到处送给亲朋戚友。

起初搬进去的时候，还有棵榴梿树。听邻居说是“鲁古”的，果实硬化不能吃的意思，父亲便雇人把它砍了，我们摘下未成熟的小榴梿，当手榴弹扔。

房子一间又一间，像进入古堡，我们不断地寻找秘密隧道。打扫起来，是一大烦事。

粗壮的凤凰树干，是练靶的好工具。我买了一把德国军刀，直往树干飞，整成一个大洞，父亲放工回家后，臭骂一顿。

最不喜欢做的，是星期天割草。当时的机器，为什么那么笨

---

① 呎即英尺，1英尺约等于0.3米。

重？四把弯曲的刀，两旁装着轮子，怎么推也推不动。

父亲由朋友的家里移植了接枝的番荔枝、番石榴。矮小的树上结果，我们不必爬上去便能摘到，肉肥满，核子又少，甜得很。

长大一点，见姐姐哥哥在家里开派对，自己也约了几个女朋友参加，一揽她们的腰，为什么那么细?

由家到市中心，有六英里路，要经过两个大坟场，父亲的两个好朋友去世后都葬在那里，每天上下班都要看到他们一眼。伤心，便把房子卖掉了搬到别处。

几年前回去看过故屋，园已荒芜，屋子破旧，已没有小时感觉到的那么大，听说地主要等地价好时建新楼出售。这次又到那里怀旧一番，已有八栋白屋子树立。

忽然想起《花生漫画》的史努比，当他看到自己出生地野菊园变成高楼大厦时，大声叫喊："岂有此理！你竟敢把房子建筑在我的回忆上！"

# 真假

我们一群小孩围着父母，蹲在地上吃榴梿。父亲把他游历过的地方告诉我们，并提起看过一个榴梿，有面盆那么大。我们都给他惹得大笑，说：“哪有这种事？”

长大后四处走，在曼谷果然看到一颗大如面盆的榴梿，才知道家父讲的都是真的，我们见识的实在太少。但是在没有亲眼见到以前，还是以为父亲在讲笑话。

“偶尔，谎言变成趣事，并没有不对的地方；有时，真实更是滑稽，总之大家开心就是。我说的是真是假，有一天你们看到了便知道。”父亲常说。

我的许多故事，也是这个原则。

单单说香蕉，就有数十种那么多。香蕉并不止于绿和黄色，深红浅紫的也有，在南洋一带能见到。

有一次在印度尼西亚的乡下，走了整个上午，没有吃早饭，肚子有点饿，往前一看，有一个土人蹲在地上，他面前摆着一条香蕉，有三呎长。

他用刀子把上面那层皮割出一半，露出白肉，用汤匙挖起，送入口中。

我从来没有看过那么大的香蕉，马上照样买了一条来吃。

肉很香甜，不过咯的一声，咬到硬物，吐出来一看，是香蕉的种子，足足有胡椒粒一样大小。一面吃一面吐，吐到地上黑掉。

用它来做香蕉糕，三四个人也吃不完。

走过南美洲的香蕉园，看到树上一串的黄熟大蕉，本来没有什么奇怪，但仔细观察，就知道不同，因为所有的香蕉都是向上翘的，其他地方的，脚是往下垂。

印度的香蕉，只有大拇指一样大，是我吃过的最甜的一种。剥皮时，不是由上往下撕，而是向外团团转着拉，像拆开雪糕筒的纸张，其皮极薄，似透明。

朋友听了又说："哪有这种事？"

我笑着不答。反正是真是假，有一天你们看到了便知道。

说完拍拍屁股走了。

# 公寓生活

小时候过野孩子的日子，四处跑，溪中抓生仔鱼，树丛捕捉打架蜘蛛，想象不出住在大厦公寓的儿童，过什么生活。

偶尔跌伤，也不哭。父亲到花圃中找一种叫落地生根的植物，采些叶子舂碎后往伤口处烫，隔天痊愈。

周围长野樱桃树，是种热带植物，能生很小颗的果实，包裹无数的小种子。生的时候呈绿色，很硬，可以采下来，做管木枪，用胶圈绑住，以果实当子弹，一枪飞出，邻居的马来儿童呱呱大叫。

熟的时候，野樱桃由粉红转成艳红，摘了放入嘴中，香甜无比，是最大的享受。

父亲说："这种树是印度传来的。"

"有人带到这儿种的吗？"我好奇。

"不，不。"父亲说，"鸟儿吃了，肠里还有些种子，就撒播了。"

长大后到印度，一直找野樱桃树，看不到，不知是父亲道听途说，还是我去过的地区不适宜种此种树。后来旅行到南部的马德拉斯，才看到满山遍野的野樱桃。

厨房是我最喜欢的地方，想帮忙，都给母亲和大姐赶了出来，只有奶妈在做菜的时候，才一样样教我。妈妈最拿手的是炸猪肉片、腌咸蟹、粉粿和芋泥，偷偷地学了几道，但后来也没做好。

家中还养了几只鸡，随地乱跑，到了晚上用一个竹织的笼子，像把反转的太阳伞，把鸡盖在里面，以防黄鼠狼来咬死它们。客人一到，就杀鸡。奶妈抓了一只，把鸡颈反转，拔下细毛，用力就那么一锯，血喷了出来，看得大乐。

做电视饮食节目，澳洲龙虾，一刀斩下它的头，一位港姐看完即刻哭了出来，才知道住在公寓的小孩，过的是怎么样的生活。

# 海南师傅

小时候理发，不是跑到印度师傅那里去修，就是去给海南人剪。

中国理发铺子的招牌真怪，左边开了一家叫“知者来”。生意一好，右边马上跟着另一家，叫“就头看”。

一推门，哎的一声，生了锈的弹簧好像在骂你。客人真多，坐在有臭虫的硬板凳上等。哪里有什么八卦周刊？报纸都没有一张。

等、等、等，已经老半天了，风扇把剪下来的细头发吹进鼻子，大声打喷嚏，四五个剃头佬一齐转过头来睁大眼睛瞪着我，只好把头缩到脖子里去。

摇着脚，东张西望。见一支支的赤裸灯泡，原来是挖耳朵用的，理发匠用那几根毛已发黄的东西替客人掘宝藏。哇！岂不会把耳朵挖出脓来？

轮到我了，那家伙把一块木板放在椅子的两个把手上，我乖乖地爬上椅子。先用一块像挂图一样的白布包着你，往颈顶上一箍，差点没有把人弄到窒息。

再来是用大粉扑，噼噼啪啪地乱涂一顿，白粉纷飞，那个难嗅的味道，到现在还是忘不了。

接着他拿了一支发钳，吱吱喳喳地在我的后脑剪一圈，声音就像用金属物在玻璃上刮那么难听，牙肉都酸掉。剪得来一个快，夹住你的发根也不管，往上一拔，痛得眼泪掉下来。

不知不觉中，小毛发自动地钻到你的身上，刺得浑身又痛又痒，刚要摆脱它们，那剃头佬又大力地把你的头一按，比电影中的大胖子、露胸毛的刽子手还要凶。

好歹等他剪完，照镜子一看，哇，和哥伦比亚的三傻短片的那个“模亚”一样，一个西瓜头。

走出店铺，看到街边坐了一个人，理发匠为他“就地正法”。

想想，唉，自己算是付得起钱进铺子的人，心里好过一点。

警察来抓人，无牌剃头师走路，客人的头只理了一半，呱呱大叫。理发匠边跑边说：“明天再来，不收你的钱！”

# 浆糊与补衣

小时的校服，洗濯后一定加浆糊，把它烫得像一张纸那么服服帖帖。有时还添点靛蓝，让变黄的布料，显得洁白。

穿袖子的时候啐啐唰唰地用力把手伸去进，剩余部分仍然是一张硬翼。

经过一天的奔跑喊叫，汗水把浆糊浸湿，发出霉味。

“为什么衣服要下浆呢？”我问。我一直不明白。我讨厌那又僵又硬的感觉，但是大人不管三七二十一，还是浆你的衣服。

“下浆把衣服弄得又挺又直呀！那才好看。每一个小孩的衣服都上浆，为什么你不肯？”大人反问。

“我不要好看，我不要好看，我要舒服。”我不知说了多少遍。

衣服破了，大人细心地补，浆后靛蓝更显眼地东一块西一块，令人感到羞耻。“我不要补，我要新衣！”这一点，大人明白了，但还是无可奈何地补。我是多后悔当初的无知！

现在，纺织业进步，衣料耐用很多。价钱便宜，要是跳楼价更是没有人买不起。重工业不发达的地方全靠纺织去打天下，令到先进国要以配额来限制。有些人不但只穿新衣，还要糟蹋。我有个亲戚是做家庭制衣工业的，召集了许多人力，辛辛苦苦地缝出一打打恤衫。价钱低贱，专门出口到沙特阿拉伯一带，让他们即穿即扔，连洗都不洗，真是罪过。

街上再也看不到穿补过衣服的人。不管多穷，大家都有能力买新衣。缝补的技术，已渐渐地被遗忘。

人类对服装的流行，幻想力有限，通常几十年便复古一次。曾经受欢迎的丝绸，已经无人问津，目前麻质衣料大行其道，在欧洲，几乎人人都有一件。麻频易皱，而且要下浆才挺，衣服又开始用浆加靛了。

有一天，补过的衣服也一定会变成最时尚的装束，但是已经很少人会补。在分秒必争，机器代替人类的社会，手工将是最昂贵的。时装公司会训练一批人来补衣，不同的是，已非慈母针线。我又要叫喊："我不穿！"

# 炮声

从小我喜欢听炮声，与打仗没有关系的炮声。

每到过年，总想到可以烧炮仗，也有烧炮仗气氛的地方去。远远地传来一声，近邻又连续地响。仔细听，每一声都不同。忍不住要买。有人说大新年，所有的店铺都关了，哪里可以买到？他们不知道，这世界上只要有中国人和犹太人，什么天大的节日，生意照做。买了一大把，在小巷中和顽童们一起放。

我爱手指头般大的红炮仗，它们并不散卖，都是一排排的，所以要一颗颗拆开。因为炮仗是手制的，导火线的粗细每粒不同，又经过绑结后弯弯曲曲，一点着，什么时候爆炸预算不出，这最刺激。手上抓了一把，正想放时，顽童们已偷偷地将香头点在导火线上，几个炮仗一起冒出烟来，我吓得一跳，马上扔出，砰砰碰碰大爆，就在我眼前开花，耳朵震得嗡嗡作响。顽童们阴险地望着我笑。想揍他们一顿，又见他们的表情中一点罪恶感也没有。

顽童顺手抢了一些火箭炮，点着了摔到走过来的一群女孩子身上。她们即刻散开躲避，但火箭炮并不马上爆炸，喷射后转方向又迎面袭来，终于在她们耳旁开花。她们大哭大叫地跑开。

我又瞪了顽童们一眼，他们还是那么天真无邪。以前我也是顽童一个，但总比不上他们。

继续一颗颗放，胆子越来越大，到最后干脆抓着炮屁股，让它在手上爆。有一粒威力比其他的大，炸得手指发麻。顽童大笑，点着一粒导火线细尖的爆竹丢出。咦！怎么不响？走近仔细观察。砰的一声，顽童双手遮耳，自己也尝到了欲聋的滋味。

问顽童："你为什么喜欢烧炮？"

"我喜欢放炮，因为炮声像打仗呀！"他说。

我听了不作声。

他很奇怪地望着我道："那你是为什么喜欢放炮？"

"我喜欢放炮，因为炮声不像打仗。"我回答。

# 玩具

东京的一家玩具百货公司，一共有八层，世界上的玩具，应有尽有。小孩子们走进去一定走不出来，大人也一样。

五合体、十合体到五十合体的凶猛机械人，坦克车、航空母舰的模型，各种刀、剑、手枪、机关枪和大炮，盔甲和战袍，甚至有防弹衣，差不多没有一样和打打杀杀无关。

我们当小孩的时候，玩具也是打打杀杀，但是大多数是自己动手去做。

印象最深的是叫“饿利”的石弹子，外国小孩以单手弹，我们是用双手。左手抓着鹌鹑蛋大小的圆弹，伸出右手的中指钩着石弹，瞄准对方的弹子，大力弹出，将之击开。或者，在泥地上挖个小洞，看谁能在六七呎距离外将弹子滚入洞里。坏弹子常被打破，好的光光滑滑，石质极佳。一人总有两个心爱的，装在裤子的口袋里，走起路来咯咯相碰，永不离身。

母亲缝衣机上的木线轴是很普通的玩具原料。将木心两端的圆轮以小刀切成齿形，左边用半枝火柴棒顶着，绑以一树胶圈，右边将由洞里伸过来的胶圈捆在一支筷子上，再转动筷子，到了弹性饱满时放在地上，手一松，那木轴便自动冲上前去，这就是我们最现代化的坦克车。

被遗弃在垃圾堆的木箱子，用处更广。拆出木板，以小刀将它削成手枪形。两条树胶圈绑在枪头，另两条拉在后面备用，再于枪后做一扣针（原料也是小木块和树胶圈）。最后爬上树采几十个未熟的印度樱桃子当子弹。将弹弓拉好，手指一按，青硬的种子飞出，可以将女孩子打跑。

遇见邻座的小孩呆住，我便会将荔枝核子用小刀切成上下两边，再以牙签插入下半的核中，用双指一搓，核子拼命地转。小孩大为高兴，抢着去玩，玩后自己模仿做一个。

目前的教育制度已经把小孩们压迫得脸部发青，小四眼田鸡一个个出现。今后一定更变本加厉。市上玩具虽多，总有一天小孩子们已经没有余闲。到那时，玩具厂倒闭，我将写一本图书，教他们做自己的玩具。

# 一瞬

生活忙碌，忆儿时的事，愈来愈少，几乎成为奢侈。现在又有一瞬闪过：日本鬼子投降了，爸妈的朋友，将借款双手奉还，用一大箱失效的军用票。记得很清楚，票上面有棵香蕉树，挂着一串成熟的果实。

扔了给我们，先是抓了一把撇上天，飞布周围。簇新的钞票，大大小小。先将第一张摆横，第二张放竖后叠起，重复了又重复，变成一条风琴式的长龙。拿来当绳子跳，一下子就断掉。不好玩，干脆拿火柴来烧。

火柴只有手指一节那么长，根是用白纸卷的，上面涂了一层蜡。火柴头虽细小，但擦在石头上也会着。真神奇，拿到白墙上去乱刮，也能点火，只是墙上一道道的剩余火药，爸妈回家一定骂我。这根火柴到底能烧多久，看桌上的闹钟，上面有两个大铜铃，没有秒针。烧到指头发胛。再点一根，即刻吹熄。

这一百根小火柴是装在一个防水的小铁盒中。倒掉火柴，到芭蕉叶丛中抓会打架的小蜘蛛养在里面，一天吐几次口水给它喝，另外赶着把藤椅往地上乱摔，掉出几只臭虫来，拿去给蜘蛛当早餐。

火柴是在一个空军的军备配给盒中拣出来的，盒里还有一块巧克力，没加乳的，苦得要死，一小小罐的炼奶、牛的碎肉、绿豆和果子酱。又有六支香烟，奉送父母，一片片的薄面包，浸在水中，泡得像皮球那么大，原来是咬一口吞一口水，马上涨饱肚子的求生玩意儿。

妈妈又买了一个降落伞回来。它的绳子是尼龙线编成，又白又亮，怎么拉也拉不断，是穿裤头带的好东西。将它一条条地连接绑起来，成一条后用来拔河。不然就当跳绳，圈里能挤三个小孩同步地跳上跳下。降落伞的伞部可以一块块按照缝接口剪开，阔大无比，拿来做衣服不是材料，不如钉起来当蚊帐用，但又不透风，差点没把自己闷死在里面。

挣扎，醒来，被被单罩住脸，是忆儿时，还是梦儿时？

# 酒舅

母亲好酒，一瓶白兰地，三天喝完，算是客气。七十多岁人了，还是无酒不欢。亲戚友人嘴里虽劝说别喝过量，但是见她身体强壮，晨运时健步如飞，半滴不入喉的人，反而怀疑自己是否有毛病。

人上了年纪，生活方式不太有变化。周末，爸爸和妈妈多是到十八溪前的丰大行去找一群老朋友聊天。爸爸有他吟诗作对的同伴，陪着妈妈的是一位我们的远房亲戚，他也好杯中物。慢慢喝，他们两人一天三瓶不是问题。这亲戚比妈年纪小，我们就管他叫“酒舅”。

酒舅身材矮小，门牙之间有条缝，身体结实得像一块石头，再加上头顶光秃到只剩几根稀发，更像一块石头。他的笑话，讲个没完没了，讲完先自己笑得由椅子掉下来。《射雕》里的老顽童找他来演，不用化装。

出生于富家的酒舅，从小就学习武艺，个性好胜，到处找人打架。他又喜欢美食，更逢饮必醉，经常酒后闹得不可收拾，干脆和恶友不回家睡觉，吵至天明。

邻居第二天找上门来，他父亲虽然恨透，但还维护着他，劈头问邻居道：“你儿子昨晚把我的儿子引到什么地方去？”

问罪之人，反而哑口无言。

他父亲是个读书人，生了这么一个不肯做功课的儿子，拿他一点办法也没有，差点气出病来，但是酒舅不管三七二十一，照样研究炒什么菜下酒，不瞅不睬。与其他个性善良淳厚的兄弟比较起来，酒舅是一个标准的恶少，村里的人，没有一个对他有好感。

唯一的好处，是酒舅喜欢抱打不平，经常帮助人家解决疑难问题。遇到有什么纷争，他便站出来做和事佬。

他当公亲，多由自己掏腰包出来请客，图个见义勇为的美名。名堂虽佳，却要向两方讨好。

一次甲乙双方争于某事，几乎弄到纠众械斗，酒舅向双方恶少说："你们有胆，先把我杀死再说！"

恶少们知道酒舅曾经学武，能点穴，和人相打时，只用力踩对方的脚盘，那人便倒地不起。

结果，大家都买酒舅的账，一场大斗，便不了了之。

酒舅，从小不靠家产，自己出来闯天下，由一个月薪两块钱的小子，渐渐爬到成为一间树胶机构的经理。在那小镇上，酒舅算是一个大绅士。

晚年，他父亲不跟其他儿女住，而中意和酒舅在一块儿，因为他谈吐幽默，又烧得一手好菜。

而这个儿子，和其他人想象不同，到底个性忠直，一直对父亲很亲近。渐渐地，他也得到了他父亲的熏陶，学了读历史的好习惯，对文学也越来越有修养。酒舅每天陪着他父亲读书写字，练出一手柔美的书法，这一点，村子的人做梦也没有想到。

去年，酒舅去内地旅行，参加了一个旅游团，团里有广东省某杂志的记者和澳洲的撰稿人及摄影师。

起初，大家认为酒舅是个南洋生番，样子又老土，都不大看得起他。

一坐下来吃饭时，酒舅看到什么地方的人就用什么方言相谈。

“你会说几种话？”广东记者听了好奇地问。

“会说一点广东话、客家话、福建话，还有潮州话……”

酒舅轻描淡写地用标准的普通话回答说：“不过，这些只是方言。”

澳洲人前来搭讪，酒舅的英语更像机关枪。当然，他还没有机会表演他的马来语和印度话。

每到一处古迹，酒舅更如数家珍。

他父亲的教导，并没有白费，比当地的导游更胜一筹，令得众人惊讶不已，事事物物都要向酒舅探询。

过后，广东画报有两三页的图文报道，称酒舅为罕见的南洋史学家及语言学家。酒舅读后，笑得从椅子上掉下来。

一向端庄、当校长的母亲，忽然一天号啕大哭，把我们四个儿女吓得脸青。

隔了很久，等她情绪安定下来后问："妈，这是何苦呢？"

听了又不禁下泪，妈说道："你大舅死了。"

"是不是在金山小学当校长的那位？"

母亲抹干了眼泪，点头。

"生病？"

"不是，是被人枪毙。"

这种在电影中才有的事，居然现实生活中也发生，到底为了什么？事后才知道，大舅的学校里有一个顽劣的学生，又偷东西又欺负同学，结果给大舅开除了，这个野兽后来当了干部，回来复仇，弄个莫须有的罪名，把大舅就地正法。

"唉"的一声，又问："还有多少个兄弟？"

"还有你二舅。"妈妈说，"他很年轻时就很爱国。"

"二舅干什么的？"

"学美术，是乡里唯一一个考进杭州艺大的，毕业后回来，整村的人都到火车站迎接，哪知道看到的是一个背着一大堆木头和刻刀的，都摇头叹气说做木匠吗，为什么还要老远地去读书？”

说到这里，我笑了出来，但想到大舅的事，又沉重了，问道：“大舅给枪毙了，二舅不恨吗？”

母亲摇头：“他满腔热血，说要为国家做事。在国立艺专时思想已经“左倾”，参加过进步组织火花读书会，给国民党抓去。唉，当年的年轻人，谁不被那为国为民的理念吸引呢？”

“那么应该大大表扬他才对呀。”

母亲苦笑：“‘文革’来了，冤枉了多少艺术家！二舅不能幸免，在叫“牛棚”的所谓干校里，种田养猪过日子，每天还要受到批判，就那么关了八年。”

我记得那段日子，家里人不断地往家乡寄东西，一大罐一大罐的猪油等等。旧衣服，不能寄新的，新的收到了又会惹麻烦。有时，还会寄打火石。想起了丰子恺先生收到广洽法师从新加坡寄去的打火石，笑说这是“香火缘”，这群受迫害的艺术工作者，心中没有怨恨，只有自娱。

在八十年代，我的寻根念头愈来愈强，向父母说我们不如去潮州看看吧。家父担心看到的一切令他伤心，只有游说妈妈去见见二舅。

终于成行。

第一次见到二舅，已是一位老人了，已有点发福，不像他的木刻自画像作品中那副年轻人拥有的又饥饿又清瘦的形象。中国人不流行西洋的礼节，但我在心中紧紧地拥抱着二舅，看过他寄给爸爸的木刻拓本，我非常喜欢又尊敬这位艺术工作者。

请二舅一家到餐厅吃饭。这时的府城，经济虽然不算发达，但是鱼虾蟹还是吃得到的，我们这些在海外生活的人，饮食习惯已经不同。

点了炒菜心，请二舅多吃一点蔬菜，二舅微笑：“你们吃吧，我那八年，天天吃。”

一句普通的话，是多么令人心酸！

吃完饭二舅带我们到湘子桥观光，站在桥上，看到急流，二舅不动声色地说：“这个念头不断出现过，如果再来一次，我一定从桥上跳下去！”

听了忍住眼泪，好在回到二舅家，见他整群儿女，有的还抱着二舅的孙子，我又觉得欣慰。表弟表妹们都长得英俊美丽，潮州人叫漂亮女孩子为雅姿娘，我的表妹们的确称得上这句潮州话。

看舅父在金山中学附近的老家，与母亲的描述对照，已面目全非。潮州古城昔日街道上摆满牌坊，建筑比京都还要优雅。老家木梁的雕刻，本来是镂空挖出，一个个的历史人物，像舞台上一出出的剧，但为了怕人来抄家，用水泥填满，后来想恢复原状，怎么挖也挖不了。

为了令气氛轻松，我把在海外听到的黄色段子一篇篇讲给二舅一家听，儿女们当然乐了，连不苟言笑的二舅妈，也笑得流出眼泪来。

平反后，二舅当了广东省舞台美术学会顾问，汕头画院、潮汕画院顾问，潮州话剧团的美术都由他指导。他谦虚地说：“什么顾问？不过是个布景师。”

在香港，我时常买木刻刀寄给二舅。受了他的影响，我对木刻大感兴趣，在清迈买了一块地，收集大量木头，想告老后在那里刻佛像。

“你寄来的刻刀都是凿立体的，我用的是版画木刻刀，不同的。”他在信中说。

我才感到惭愧和无知，信中问二舅：“那你对我想刻佛像，有什么意见？”

回信上说：“刻的别像佛，要像人。”

这句话，没有忘记过，现在不管摄影、写文章或写生，都要像人。

二舅去世多年，他儿子洪钟要为他出一本书，叫我题字，书名为《未了集》，我刻佛像的心愿也未了，只有写一篇文章来纪念二舅。

# 昨夜梦魂中

为什么记忆中的事，不像做梦时那样清清楚楚？昨晚见到故园，花草树木，一棵棵重现在眼前。

爸爸跟着邵氏兄弟，由内地来到南洋，任中文片发行经理并负责宣传。不像其他同事，他身为文人，不屑利用职权赚外快，靠薪水，两袖清风。

妈妈虽是小学校长，但商业脑筋灵活，投资马来西亚的橡胶园，赚了一笔，我们才能由大世界游乐场后园的公司宿舍搬出去。

新居用叻币四万块买的。双亲看中了那个大花园和两层楼的旧宅，又因为父亲好友许统道先生住在后巷四条石，于是购下这座老房子。

地址是人称六条石的实笼岗路中的一条小道，叫Lowland Road，没有中文名字，父亲叫为罗兰路，门牌四十七号。

打开铁门，车子驾至门口有一段路。花园种满果树，入口处的那棵红毛丹尤其茂盛，也有芒果。父亲后来研究园艺，接枝种了矮种的番石榴，由泰国移植，果实巨大少核，印象最深。

屋子的一旁种竹，父亲常以一用旧了的玻璃桌面，压在笋上，看它变种生得又圆又肥。

园中有个羽毛球场，挂着张残破的网。羽毛球是我们几个小孩子至爱的运动，要不是从小喜欢看书，长大了成为运动健将也不出奇。

屋子虽分两层，但下层很矮，父亲说这是犹太人的设计，不知从何考证。阳光直透，下起雨来，就要帮奶妈到处闩窗，她算过，计有六十多扇。

下层当是浮脚楼，摒除瘴气，也只是客厅和饭厅厨房所在。二楼才是我们的卧室，楼梯口摆着一只巨大的纸老虎，是父亲同事——专攻美术设计的友人所赠。他用铁线做一个架，铺了旧报纸，上漆，再画为老虎，像真的一样。家里养了一只松毛犬，冲上去在肚子咬了一口，发现全是纸屑，才作罢。

厨房很大，母亲和奶妈一直不停地做菜，我要学习，总被赶出来。只见里面有一个石磨，手摇的。把米浸过夜，放入孔中，磨出来的湿米粉就能做皮，包高丽菜、芥蓝和春笋做粉粿，下一点点的猪肉碎，蒸熟了，哥哥可以一连吃三十个。

到了星期天最热闹，统道叔带了一家大小来做客，一清早就把我们四个小孩叫醒，到花园中，在花瓣中采取露水。用一个小碗，双指在花上一弹，露水便落下，嘻嘻哈哈，也不觉辛苦。

大人来了，在客厅中用榄核烧的炭煮露水，沏上等铁观音，一面清谈诗词歌赋。我们几个小的打完球后玩蛇梯游戏，偶尔也拿出黑唱片，此时我已养成了对外国音乐的爱好，收集不少进行曲，一一播放。

从进行曲到华尔兹，最喜爱了。邻居有一小庙宇，到了一早就要听丽的呼声，而开场的就是《溜冰者的华尔兹》（*Skaters' Waltz*），一听就能道出其名。

在这里一跳，进入了思春期。父母亲出外旅行时，就大闹天宫，在家开舞会。我的工作一向是做饮料——一种叫fruit punch的果实酒。最容易做了，把橙和苹果切成薄片，加一罐杂果罐头、一支红色的石榴汁糖浆，下大量的水和冰，最后倒一两瓶红酒进去，胡搅一通，即成。

妹妹哥哥各邀同学来参加，星期六晚，玩个通宵，音乐也由我当DJ。已有三十三转的唱片了，各式快节奏的，森巴、冧巴、恰恰恰。一阵快舞之后转为缓慢的情歌，是拥抱对方的时候了。

鼓起勇气，请那位印度少女跳舞，那黝黑的皮肤被一套白色的舞衣包围着，手伸到她腰，一掌抱住，从来不知女子的腰可以那么细的。

想起儿时邂逅的一位流浪艺人的女儿，名叫云霞，在炎热的下午，抱我在她怀中睡觉。当时的音乐，放的是一首叫《当我们年轻的一天》，故特别喜欢此曲。

醒了，不愿梦断，强迫自己再睡。

这时已有固定女友，比我大三岁，也长得瘦长高挑。摸一摸她的胸部，平平无奇，为什么我的女友多是不发达的？除了那位叫云霞的山东女孩，丰满又坚挺。

等待父母亲在睡觉，我就从后花园的一个小门溜出去，晚晚玩到黎明才回来，以为神不知鬼不觉，但奶妈已把早餐弄好等我去吃。

已经到了出国的时候了，我在日本，父亲的来信说已把房子卖掉，在加东区购入一间新的，也没写原因。后来听妈妈说，是后巷三条石有一个公墓，父亲的好友一个个葬在那里，路经时悲从中来，每天上班如此，最后还是决定搬家。

“我不愿意搬。”在梦中大喊，“那是我一生最美好的年代！”

醒来，枕头湿了。

# 沟女绝技

我在内地和友人谈起生活之道，通常的反应是："你有钱，所以有条件培养种种兴趣，我们做不到。"

一直强调的是兴趣与钱虽然有点关系，但是并非绝对。像种花养鱼，可由平凡的品种研究起，所费不多。读书更是最佳兴趣，目前的书籍愈卖愈贵是事实，但绝非付不起的数目，而且，图书馆免费地等你。

重复又重复地说，兴趣可以变为财富。一种东西研究到深入，就成专家，专家可以以新品种来换钱，至少也能写文章赚点稿费。

钻了进去，以为自己知识很丰富时，哪知道已经有人研究得比自己还深，原来七八百年前写过论说，便觉自己的无知与渺小，做人也学会了谦虚。

另一方面，身边朋友少一点也无关紧要，我们可以把古人当老师，他们的著作看得多了，又变成他们的朋友。

一大早到花墟的金鱼市场观察鱼类，下来到雀鸟街看哪一只鸟啼得最好听，最后逛花街，看什么花是由什么国家输入，都是一个很好的开始。

前几天的副刊中也教过人种兰花，只要五块就可以买到一盆廉价的兰花，经半年的精心培植，身价一跃到四百八十块一盆，足足有九十六倍之多。

故玩物并不丧志，养志还能赚钱，何乐不为？问题在于你肯不肯努力，肯不肯花心机。不但养志赚钱，还可以用来沟女。

近来政府不知为什么那么好心，把街上每一棵树都用小板写了树名钉在干上，我认为这是他们做的唯一好事。

独自散步时把每一棵树的树名牢牢记下，一个仙也不必花。等到和有品位的女友拍拖时，把树名一棵棵叫出，即刻加分。此为沟女绝招，不可不记。

# 教养

我整天说应该提高生活素质，活得一天比一天更好。大家即刻反应：“钱呢？”

“并不需要大量的金钱。”我说，“有时反而能赚钱。”

众人示我不信的眼光。

举一个例子。义兄黄汉民曾经教过音乐，上一次我去新加坡时和我聊起男高音，说目前的那三个，还不如姬利（Gigli）和卡鲁素（Caruso）。

我也赞同，小时受熏陶，也是那两位大师的作品。当年收藏的七十八转黑唱片已经不知道哪去，好久没听他们的歌，偶尔在收音机中接触罢了，想买几张送汉民兄，何处觅？

跑去尖沙咀的HMV找，好家伙，五层楼都是CD和VCD，男高音属于经典乐部分，在顶楼，和爵士在一起。

一口气跑上去，唱片多得不得了，但客人只得我一个，一位年轻人坐在柜后，自得其乐地听交响乐。

看了一阵子，找不到我要的那几张，只好跑去问：“到底姬利和卡鲁素的歌还有没有人出唱片呢？”

“当然有。”年轻人带我到一个角落，纯熟地找了出来，“这一排都是。”

嘻，可多得不知要选哪几张，只好先挑些他们的代表作，其他较为冷门的歌剧留下次慢慢听吧。

“你从小喜欢古典音乐？”我问。

年轻人笑着摇头：“起先不懂，做了这份工慢慢学的。”

“现在呢？”

“少一点钱我也愿意干。”他回答。

“最大的愿望是什么？”

他又笑了：“储够钱，去外国听演奏会。”

种花、养鸟，书局、乐器店，等等，都是让我们活得一天比一天更好的学校。

# 摘花

回家，一大早散步到附近的菜市场，为母亲买一粒粽子当早餐。家母的生活习惯也甚奇特，早上爱吃米饭多过食粥。

“粽子的糯米那么难消化！不可多吃，不可多吃！”看到的朋友多数那么劝我，像见了极严重的犯罪行为。

我总是笑嘻嘻地不理别人管闲事，已经九十岁的老人家，喜欢什么就应该吃什么。

见家母一口口地细嚼，是莫大的享受。再送几口白兰地，味道更佳。

每次与老人家见面，发现她身体越来越健康，皮肤光亮，是长期吃燕窝的关系吧。弟弟一家人照顾家母，但各有工作事忙，现在吃燕窝全靠我的义兄黄汉民处理。每次炖了，早一天放入雪柜，翌日由佣人温热，清早六点钟就进食，多年不变。

每天，弟弟带佣人一起，让家母坐上轮椅，推到屋前的加东公园，将轮椅停在一边，扶家母起身散步。我回家时就参加此项活动，见家母走得一点也不喘气，老怀欢慰，不时问道：“累吗？累吗？”

“不累，不累。”家母回答，中气很足。

在公园做运动的人也不少，有一团学太极剑，还有些打外丹功。路过的有洋人、马来人和印度人，都互相用英语打招呼，来一声“骨特摸灵”。

家佣外劳没什么教养，不瞅不睬，拉主人的小狗，坐在长椅上，跷起二郎腿。也不能责怪他们，懂礼貌的话，就不必老远地跑到海外打工了。

公园种的一排排叫水梅的丛树，开白色小花，五元钱硬币般大，已开得多了，发出浓郁的香味诱人。

虽然会被罚款，但也不理三七二十一，摘下一撮，放在母亲怀，继续推轮椅回家。

## 笼子

麦理浩径太过剧烈和无趣，我散步是在雀仔街、花市和九龙城。

志同道合者聚集，各自手上一个鸟笼，逍遥自在，看了好生羡慕。

经过一档人家，上了年纪的商人在修理鸟笼。这种老死的行业，还有人坚持下去。

“不，不，”老人家说，“这个是我自己的，修坏了不要紧。我才不敢替客人做，好些古董贵得要死。”

“你手上这一个呢？”我问，“要多少钱才买得到？”

“很普通，三千块。”他回答。

那么精巧的功夫，大概是民国初年的手艺。至少做一个月才能完成，以现在的人工计，最低收入四千港元，已值得购买。

掏腰包时忽然停住了手，知道这一来就没完没了，下一步是买更旧的鸟笼，换古董银，还有那些让鸟儿喝水吃东西的小瓷壶呢，非追求到一两个名人制造的不可。

选什么呢？画眉还是鹩哥？给它们吃什么东西呢？人工饲料或者活生生的蚱蜢？

买吧！买吧！不养鸟，买个笼子回家去欣赏一下也好。

最主要的，我是一个不受约束的人。看到关东西的东西就讨厌，怎么会将鸟儿放进去？

年轻时并不懂事，也养过一笼子的小鹦鹉。后来因为忽然要飞韩国替王羽解决他导演的第一部电影的难题，事后回来，鸟儿都饿死，才明白为了工作，自己是没有资格养生物的。

“可以交给菲佣去看管。”小贩好像看穿了我在想些什么。

菲律宾家务助理，虽然说是聘请，另一个看法也是饲养，不过养在一个更大的笼子，即是你的家。

## 创意派

决定以后少到雀仔街去，还是旁边的那条园艺街比较清雅。

花铺林立，但也不见得每一家都不俗气，有些卖染了颜色的花卉，令人恶心。忽然看到一家刚开门的店，橱窗中摆福禄寿。咦，这不是石湾虞公吗？即刻走进去看其他的制品。虞公精致起来手工细腻，坐在白象上的观音，头上胸前珠玉清楚可数，连象身的饰物也考究。

经过这些基本训练，才能变化出抽象的作品来。虞公的人像和花瓶像童体画一样天真烂漫，实在难得。

店中还有各类的盆栽花卉，每一件东西都想捧回去。

一看店名，叫“创意派”，向店主要了一张卡片，名叫郭浩斌。

“你们的店，是花墟中最有品位的一家。”我说。

郭先生很坦白：“虞公的作品裕华百货也有得卖，我自己喜欢，常去石湾，和他们熟了，代理一些。”

“怎么会想到开这么一家店的？”

郭先生说：“我们在花墟一共有三家，卖大众化花卉的由我姐姐打理；卖精品一点的，内人看；我自己在这儿和些志同道合的客人聊天，日子过得快。”

看到另外一些陶器，出自郭先生之手，做了拿出来卖。我的习惯是人家刚开门，非让人家做成一桩生意不可，选了一小棵叫花冠树的植物，根部露出土上，像一个糯米鸡，非常有趣。另外要了一个虞公的佛头，我对从佛像砍下的很厌恶，认为非常不吉利，但是由手工做出的不同，这个观音头表情安详，看得舒服。凡是看得舒服的佛像，都是好的佛像。与佛有缘，你不必找它，它会找你。

# 又谈花

写过一篇东西，提及紫色花朵，不知其名，即刻接到许多读者的电邮，第一个当面告诉我的是原子笔大王熊先生。

“叫大叶紫薇，很容易记，想起大波的叶子楣就记得了。”熊先生哈哈大笑。

其他读者指正，说应该叫为大花紫薇，又叫洋紫薇（queen crape myrtle），为外来品种，亦分布在广东、广西及福建一带。该读者说既然我对树木有这么浓厚的兴趣，有两本书可以一读：渔农自然护理署印行的《赏树手记》（*Tree Lovers' Companion*），另一本是市政局的刊物《香港树林汇编》，在政府刊物销售处可以买到。

谢谢这位读者，其实两本书我一早已经购入，读后观感是它们都非常单薄，数据并不详尽，图片亦贫乏。我住墨尔本时，有位卖花的姑娘送给我一本澳洲花朵百科全书，那才叫精彩。从这绝无仅有的两本书，也可以看出香港人对花与树的研究并不热心，只对六合彩与跑马有兴趣罢了。

有位读者同意我的看法，说洋紫荆极为丑陋，也说很多人都这么认为，这种花又不是香港特有，当为市花，被外国人误解我们的品位甚低，选它的，是香港的千古罪人云云。综合其他来信的观点，都说外国景点的山头花树彩色缤纷，香港的一年四季都是绿色，没赏心悦目的植物，大家都不明白为什么不多种桃花、玉堂春、梅花、枫树、爆竹花、紫藤、含笑、黄钟、梨花、桂花等等。

香港能看到的最多只是两季的花，太过单调，多位读者还说去新加坡时那条从机场开往市中心的路上开满粉红颜色的簕杜鹃，历历在目，令人难忘。讲得不错，人家热带地方已有那么多花朵，香港的气候应该种出更灿烂的才对，可惜人一做官，头脑四方，唉，还是到花墟去欣赏吧。

## 紫藤

很多年前，跟父亲到公园散步，他仔细观赏每一种花，一一叫出它们的名字。

我只顾着和女朋友耳鬓厮磨。经过一个花架时，看花朵垂下，像一片紫云，忍不住叫她站在花中，用双镜头白光的相机，把光圈放大，令前景和背影模糊，焦点只对着她的脸上，拍了一张。冲印出来，她大感满意。

一下子跳到今天，走过九龙花墟，见商店里也摆了这种花。它属爬藤系，卷成一团团出售，价钱便宜，大概是因为香港人都没花园，只爱能够盆栽的植物。一直为生活奔波，思想成熟后学会偷闲，已经知道这种花的名字，原来叫紫藤。

紫藤的生命力旺盛，种植后很快就蔓延，为求阳光，拼命攀登，凌驾其他树木，有点像往上爬的年轻人。

山林管理员见到紫藤就斩，以免导致周围植物枯竭。砍下来的藤枝也有用途，可以编篮，其纤维也能织布。但是对人生最有贡献的还是那漂亮的花朵，如铃状，由数百朵紫色小花组成，一串可长达一公尺以上，四月是它开得最灿烂的时期，引来一群群的蝴蝶，漂亮得不得了。

紫藤属于豆荚科，花谢后长出细长扁平的荚，表面上有些细毛。到了秋天，当叶子都枯落时，紫藤的荚还是坚强地留在枝上。

冬天来到，在郊外会听到嘣嘣的声音，那是豆荚裂开后发出的巨响。种子以惊人的力量飞弹到各地，农家的玻璃也试过被它撞碎。

收服紫藤，可以种在家里。从店中买了藤枝，搭个架子让它蔓延，或者把种子种在花钵中，过三四年便开花，但要把花钵放在高处，让树藤有地方垂下，整理时只要剪去新枝就行，不然会爬到隔壁家去。

如今，到了家父当年的年龄，也了解了一些紫藤的习性，当年女朋友的名字，倒忘了。

# 有意义的事

有城市计划地种树，一排排植成林，煞是好看。香港也曾经受过这种洗礼，但只限于一小部分，像太子道上的鱼木。

红棉道上应该有很多木棉吧？已被砍光，现在剩下的只有伶仃数株。弥敦道上，尖沙咀美丽华酒店附近的那一段，还是有很多棵大榕树，家父最为欣赏，第一次来香港看了就觉得这个城市有文化。

当年他是乘船自内地来香港，邮轮在维多利亚港口沉没，弄得要游水上岸，身上一切尽失。他已不记得那艘船叫什么名字，想查一查，但我为生活奔波，没空去做，即使现在找出来，老人家已过世，迟了。

如果让家父了了这个心愿，那么我做人，至少可以说曾经做过一件有意义的事。

什么是有意义的事呢？种树可也。

“香港”这个名字，懂得汉字的人当然知道它的意思，一被洋人问到“Hong Kong? What does it mean? ”的时候，我们照字面翻译的答案，对方听了一定哈哈大笑。

把这个被污染的港口变香，并不可能。再花多少人力物力，洋海已不能清澈。不但香港，全世界大都市的海都是如此。

但是在香港散步，处处闻到花的味道，留下深刻印象，倒是做得到的，就算不能全年发香，但是至少有个一个月时间，也就够了。

让我们尽量去种白兰吧！这种树可以长至数十呎高，整棵开满又长又尖的白花，香得不得了，我们的气候也最适宜种这种花。

这种事最好让政府去做，数十年政坛上的功绩，在历史上并不重要，但享受过那阵芬芳的后人，认为香港的确是名副实香的事实，是无人能够抹杀的，何乐不为？政府不做，商人也行，总比留名在一个小小的学校有意义得多。

# 上课

享受姜花的香味，已到尾声，秋天一到，她就消失了。

我对姜花的迷恋，从抵达香港那一刻开始，那阵令人陶醉的味道，是我们这些南洋的孩子没有闻过的。

这里的人身在福中不知福，一年四季有花朵和食物的变化，人生多姿多彩，哪像热带从头到尾都是同一温度，那么单调。

姜花总是一卡车一卡车运来，停在街边，就那么贩卖。扎成一束束，每束十枝，连茎带叶，甚为壮观。

一般空运来的花，都尽量减低重量，剪得极短，姜花则留下一根很长的茎，长度有如向日葵的，插入又深又大的玻璃花瓶中，很有气派，绝非玫瑰能比。

花贩很细心，在花茎的尾部东南西北贯穿地割了两刀，这么一来，吸水较易。

花呈子弹形，尖尖长长，在未开的时候。

下面有个花萼，绿叶左右捆着，有如少女的辫子。一个花托之中，大概有六到九朵尖花，这时一点都不香。

插了一两个晚上，尖形的花打开，有四片很薄的白花瓣，其中一瓣争不过兄弟姐妹，萎缩成为细细的一条，不仔细看是觉察不到。

花瓣中间有花芯，带着黄色的花粉，整朵花发出微弱的香味，但是那么多朵一齐开着，全间房子都给她们的芬芳熏满了。

在把茎削开时，花贩也会把花托中间那一朵拔掉，他们说这么一来其他的花才会开得快，不知道是什么道理，总之是祖先传下来的智慧，错不了。有时，买了一束插上，花开得很慢。像我这次只在澳门过一个晚上，早上买的，如果当晚不开，就白费功夫。花贩教我，拿回去后浸一浸水，就能即开。照做，果然如此，又上了一课。

人生要学的，太多。

# 林

从太子道到尖沙咀，经过近红磡隧道那一段路，有一排紫色的花，开在数十棵树上，不知道叫什么名字，非研究一下不可。

花，要多才好看，单独一木，就逊色。像樱花，如果不是一块儿盛放，便显得单薄，绝对不是留下印象的植物。

前一阵子开花的凤凰木，也可惜是那儿一两棵，这儿三四棵，要是有数百棵集中在一起，那简直是一个鲜红的火海，叹为观止。

古人植树，气派大，种出个林来，才有陶渊明所写的意境。现代人虽说有城市规划，但对种树的美感一窍不通，开的花总是零零落落，不成气候。

像巴黎人，路旁种法国梧桐的城市多美，当今内地新建的市镇有机会统一植树，但不注意，非常可惜。

如果只求经济利益，那么干脆种果树好了。马路两旁都是，到了成熟季节，由当地政府的卡车去收成好了，而且果树的花，多数甚为美丽，何乐不为？

话又说回来，没花没果的杂树，也好过没有树。没有树的城市，就没有文化，住在那里，人的意志也消沉。

没想过去内地定居，要是在那边有一栋花园洋房的话，一定有树才行。经过花圃，看到商人挖了许多大树来卖，非常羡慕。也只有在内地才能看到，在欧美要买也买不起。内地的便宜，要十棵八棵种在花园里，是多么过瘾的一回事儿。

香港的新市镇，也应该考虑种上同样的树，洋紫荆虽然代表香港，但它是一种很丑的花，又开得不密，毫无用处，不如木棉的雄伟、鱼木的茂盛和凤凰木的美艳。

任何一种树林都行，总之要贪得无厌，愈多愈好，一有了“林”的感觉，气派就产生了。

## 采花大盗

木兰花盛开的季节又来临。

浓淡恰好，那股幽香，令人难忘，是我最中意的花卉之一。

侯王道“张贵记”的大家姐，知道我喜欢，送了我一盆。数未开的花蕊，那么小的一棵植物，至少有数十朵之多。

放在阳台上，每天勤力浇水，它回报地按日微开三四朵给我，摘下放入恤衫的口袋，香一整天，比古龙水犹佳。

清晨散步，发现家居附近也有一棵木兰，虽然没有香港大学门口的木兰树那么大，花也开得像天上星星般多。

没人采摘，花瓣如爪散开，便失去香味，落得满地，实可惜。此树一半长在公寓的停车场，另一半伸出到街头。后者的低枝上，已不长花，前者则随手可拈，决定乘没人看管进去偷之，做个名副其实的采花大盗。

忽然，冲出条黑狗，大吠几声，我见逃走也没用，便站直让它来咬。这条狗反而静了下来，在我的裤管上嗅了一下，我还以为它会提起后腿，撒一泡尿，好在它闻后转头走开，再也不理我。

记得在南斯拉夫时偷采苹果的情景。当地人说只要自言自语地说三声“谢谢你”，便采之无罪。照做，采了数朵。仔细观察，此树花蕊属于特大种，比家中盆栽者大一倍，味更浓郁。

台湾人勤劳，踏一脚踏车，车前放藤篮，把采到的木兰拿来贩卖，为什么我们不照做呢？香港的木兰巨树甚多，付些本钱给大树主人，采个千朵，用条很细的铁线将三四蕊穿起来，上面打一个圈，刚好可以挂在胸前的纽扣上，每串卖个五块钱，亦为可观数字。说什么也比绞脑汁好，决定改行，学顽童爬树摘之，大盗变为正业，卖花去也。

# 干杯

我很顽固地爱牡丹。不过季节短，也罕见。其他时间，我很喜欢白兰，姜花一样。玫瑰是次次选。终年出现的玫瑰，等到其他花不见时，才会找她。

菊花则只供先人。

百合最讨厌，发出来的那股俗不可耐的味道，如闻腐尸。从来不觉百合美丽，不管它以什么形态或颜色出现。

到了夏天，我爱莲。牵牛花也不错，名字太怪，还是称之为朝颜好。

至于兰，太热带了，像天气一样单调地不变化也不凋谢。不凋谢的花没有病态，太健康了并非我所好也。

环保人士反对把花剪下来插入花瓶，我倒没有这种罪恶感。花不折也垂死，将她们生命最灿烂的那一刻贡献给爱花人，有什么不好？

家中花瓶大大小小数十个，巨大方形玻璃的用来置向日葵，中的插牡丹或姜花，小的留给茉莉。

买姜花时，老太太常用刀把茎切一个十字，令吸水力更强。这做法很有道理，推迟凋谢的时间，全靠它。除了十字，有另外种种方法：一、削皮式，把茎部表皮切口，抓住，往上撕。二、干脆在水中折断，也简单了当。三、斜切。四、用钻槌把茎底敲烂。五、燃烧法，用喷火器把茎底烧成炭。别以为这种方法太剧烈或太残忍，烧过切口的导管会更急激地吸收水分，而且活性炭会隔掉水中的杂质。

用的水也有几种，我家过滤器的水不只用来自己喝，也分给花享用，两种水一比较，我知道它的功力。冬天用温水浸花也是办法，有时还可以加一点酒精。

植物切口处会流出树液、油脂等，令水污染。对付它，只有请花喝酒。来，干一杯吧。

# 田记花店

对白兰花的迷恋有增无减，在九龙城街市买完菜，就走过衙前塱道口，“七十一”角落铺的隔壁“田记花店”买几朵，才上班去。

可惜此花有季节，每年开两次，夏天和深秋，过了那段时期，只有想念了。今天习惯性地走过花档，竟然给我发现。寒冷的岁暮，怎会有白兰花?

“泰国空运来的。”黄太太说。

啊，怎么我想不到?那边热带，白兰变了种，一年四季都开。那么微小的东西，装在透明塑料袋中，一共五朵，背后还用一片剪成锄形的香蕉叶衬着，卖四块钱。

“一箩箩用冰雪住，不然很快坏掉。”黄太太解释，“我知道你爱白兰，特地进货。”

真感谢她的好意，黄太太在这儿开档，也有三十多年。已经六十多岁的她，前几年先生过世，儿子手不方便，在家。和媳妇两人守档口，婆媳之间关系，特别良好。

“从哪儿买的？”我问。

“花墟呀。”她说，“每天五点钟就去采购，我住在马鞍山，三点多就起。

“哇，”我问，“那么几点收档？”

“晚上八九点，”她说，“我睡得少。”

看见一盆盆的年花和橘子连花钵，搬运起来也不容易。“是花墟的人运来的？”我问。

“不。”她指停在档前的面包货车。走前一看，上面载满花。

“谁驾？”我问。

“我自己呀！”黄太笑说。

档边常摆五六张空椅，任由七八十岁老先生老太太休息，是黄太从垃圾堆中捡回来的。

黄太说：“和他们聊天，我觉得很年轻。”

# 快乐

又是牡丹的季节，荷兰来的当然很美，但当今运到的是新西兰产，又大又耐开。本来对新西兰印象不佳，为了牡丹，还是有点好感。

闲时到九龙太子道后的花墟走一走，永远是那么快乐的经验。附近又有雀鸟市场，是香港旅游重点之一。香港人的你，去过吗?

“这么多店铺，看得我眼花缭乱，去哪一间最好？”一位师奶问我。

“那要看你是选怎么样的花。”我回答。

“你呢？”她反问。

“我爱牡丹。”我说，“花墟道四十八号的那家‘卉丰’，是我最常去的，他们很肯进货。客人不会欣赏，认为牡丹太贵，店有很多盛开的卖不掉，新的一批照样下订单，不是自己爱花，做不到。”

“还有哪几家你常去的？”师奶问。

“逛花墟的乐趣不只是花，有时买买陶器也有很多选择，像太子道西一八〇号的‘乐天派’就有很多虞公的作品，曾氏兄弟两人，哥哥的佛像愈做愈美，弟弟的人物造型愈来愈有趣。我很看好这两兄弟，现在收藏他们的作品还很便宜，一定有价值。”

“还有什么和花不同的商店？”师奶问。

“卖各种生草药的‘左记’也很有趣。”我说。

“那些干的东西，浸在水又像一朵鲜花的是什么东西？”师奶问。

“叫还魂草。”我说，“煲糖水很好喝，又能治支气管炎。”

见他店里什么植物都卖，看到一小钵一小钵种含羞草，才卖五块钱。住在高楼大厦的儿童没看过，摸它一下，大叫：“真的会含羞缩起来！”

## 乐观

坐上的士，阵阵香味传来。

“怎么你的姜花没枝没叶，是一整扎的？”我看到冷气口挂的花。

“哦，”司机大佬说，“我住在荃湾，那边的花档把卖不出去的姜花折了下来，反正要扔掉，不如用锡纸包好，才两三块钱一束。卖的人高兴，买的人也高兴。”

又看到车头有些小摆设：“车是你自己的，所以照顾得那么好？”

“刚刚供的。”司机说，“从前租车的时候，我也照样摆花摆公仔。”

“要供多久？”

“十六年。”他并不觉得很长。

“生意差了，有没有影响？”言下之意，是做得够不够付分期。

“努力一点，”他说，“怎么样也足够，总之不会饿死。”

“你很乐观。”我说，“近年来一坐上的士，都是怨声载道。”

“不是乐不乐观，”他说，“总得活下去，怨也活下去，不

怨也活下去，不如不怨的好。怨多了，人易老。”

“你不是的士司机，是哲学家。”我笑了。看到车头有个小观音像，又问：“你信观音，所以看得那么开？”

“一个乘客丢在车上，我捡到了就用胶水把它粘在这儿，我不是信教，我只是觉得好看，没有其他原因。”

“你们这一行的，大家都说客人少了很多。”我说。

“很奇怪，”他说，“我不觉得，大概想通了，运气就跟着好，像我载你之前，刚接了一单，客人一下车，即刻有生意做。”

运气好也不会好到这么厉害吧？

到家。我付了钱，邻居走出大门，截住，上了他的车。

# 我的的士经验

第一次到香港是六十年代，那时候在天星码头排成一列的的士，竟然是被认为高级车的奔驰，就感到十分诧异，来香港可以乘到名牌车的士，多么快乐。

随时代的变迁，代之的几乎是清一色的日本车，有些为了便宜，还用可燃气体运行。到了日本，更是通街的日本的士，有大小之分，小的当然便宜一点。

在全盛的七十年代，日本根本叫不到的士。经济起飞，大家都肯花钱，晚上在银座或六本木叫车，要伸出一至三根手指，表示乘客肯多花这个倍数的钱，的士大佬才把车子停下。

经济泡沫一爆，爆了二十多年。经济没有起色，日本的豪华奢侈得到了报应，的士行业更付惨重代价。街头巷尾一堆堆的空车，就算长途减价，也没有人坐。所以看一个国家的兴盛与衰弱，看都市的的士有没有人抢就知道，这个指标最为明显。

永远一枝独秀的是伦敦的士。他们从十七世纪开始有马车的士，现代化之后改为黑颜色，又笨又大的汽车的士，依足马车年代的传统，未上车之前先在街边向司机交代要去哪里，如果你跳上车才讲目的地，那你是一个游客而已。

最初用的是Austin厂制造的。这种老到掉牙的款式，当今已变成博物馆展品，有钱人纷纷买一辆来收藏。记得当年的歌星罗文也拥有过一架漆成粉红色的。

伦敦的士的乘价，可以说是全世界最贵的了，没有必要无人乘坐。我们这些游客是例外，在伦敦坐的士是一种乐趣和经验。司机永远是一位所有路线都熟悉的人，他们得经过考试又考试，从不会失手，也没见过他们用GPS导航。

在优雅的年代，的士一定是愈大愈有气派，伦敦的用黑色，纽约的则用黄色，不叫taxi，通常以yellow cab（黄色车辆）称之。

从前，纽约的的士司机对路也熟，而且非常健谈，时常讲些黄色笑话给乘客听，曾经有人结集成书，出版了一二三四好几册。

经济转好后，意大利籍或犹太籍人已不当司机了，和杂货店一样，都交给新移民去做，没有卫星导航的年代，走错路是家常便饭。当今有了，照样走错。

纽约的的士司机一向希望得到打赏，故小费不可少。有位富豪的太太初到纽约，没有零钱，在袋中找到了一个铜币，司机收到后大声叫喊："这个女士给了我一毫子！"说后把那个钱币交还给那太太："你留着吧，你需要它，多过我需要它。"

巴黎也和伦敦一样，是一个最早有的士的都市，乘价也非常之贵，但就算有钱赚，本国人也渐渐不肯干这辛苦的行业。你不搏命我搏命，新移民如越南人早做夜做，赚到满钵，但政府怕他们过度疲劳，对交通造成祸害，就用运行时间来控制他们。所以你在巴黎看到的的士，后面一定有个电子时钟，司机超时工作，一被抓到，执照即刻被吊销。

罗马的的士司机最不守规则了，在街头乱窜，他们的话也多，讲个不停，不管你听不听得懂意大利话。兜路的情形也多，尤其是来自拿玻里（那不勒斯）的司机，那边的人什么坏事都做，带你走远路已算客气的了。

如果说到暴走，那么墨西哥城的的士司机称第二，没人敢称第一。他们简直当自己是飞车手，横冲直撞，用的又是甲虫车，墨西哥自己制造的，钢水不如德国的那么坚硬，一年要撞死好多人，而且，在那么热的天气之下，这些甲虫车多数没有冷气，热得要命。在其他国家，旧款的甲虫车已是收藏的对象，大家都说要找零件很难，那么去墨西哥吧，那边大把，通街都是甲虫车。

西班牙的士司机也有多话的毛病，一上车，他们都滔滔不绝地说东道西，不过很奇怪，西班牙人老实，我在那边住上一年，从没有遇到会兜路的。当年老旧的车居多，车子坏了，司机也从来不会拿到车房去修理，这辆的士是他的坐骑，不当车，而是马，马病了，主人自己医治，不送医院。

在国内的各大城市，一跳上车，就看到司机戒备森严，后面有铁栏杆，又有很厚的透明塑料片来防卫，这是遇到坏事多了之后的结果。但也得看城市，像无锡，大家都很斯文，而且的士司机女的居多，是一个很奇妙的现象，不知当今有没有改变。

出街能够一招手就有的士停下，是件幸福的事，只有大都市才有。有些例外，像洛杉矶，怎么看也看不到一辆，不预早打电话订，根本没有办法找到。有时打了电话也没车，像胡金铨住洛杉矶，驾车拿衣服到城中去洗，出来时车子坏了，怎么叫车都不来，最后只有向郑佩佩求救，从一两小时之外的地方驾车来送他回家。

我们住在香港最幸福了，如果要移民，我看我只能选纽约或伦敦，理由很简单，那边叫得到的士。

# 没用

选全球最适宜居住的城市，不是墨尔本第一名，就是温哥华第一名，接着便是一些北欧首都，都榜上有名。

最好吗？看你的个性：爱静的，这些地方错不了；喜欢动的，住上一年，绝对会闷出鸟来。

我是一个热闹城市的居民，生活节奏愈快愈好，选天下能居住的，除了香港，只有纽约，后者因“9·11”事件，已草木皆兵，不属于考虑范围。

城市一有活力，带来的必然是空气的污染、居住环境的狭小、角落头的肮脏、贫富的差距，这都是避免不了，必须接受的事实。

住的地方一安静，水和空气就清甜起来，屋子便宜，宽大得多。人口稀少，清理起来方便，没一大堆垃圾。生活水平极高，费用也跟着上升，北欧那几个都市，东西贵得惊人。

有时，命运的安排，让你住在世上最完美的城市，那就要尽量享受它们的好处，像海滩、公园、图书馆、博物馆、酒庄或农场，洗净繁华去也。

居住在这些地方，黄皮肤，始终有一回，遭到白眼。不管当地人有多文明，低知识的总会骂你一两句，怎么避也避免不了。

我要是移民外国的话，一定找一两种东西来研究，成为专家，在当地人眼中也有地位，才肯住下。华人我是不会来往的，住了下来就得融入人家的社会，只吃西餐了。

最错的，是整天跟着一班华人饮早茶、打麻将、唱卡拉OK，一有时间就到洗头店去，翻阅过期的八卦周刊，大谈香港影艺界的丑闻。

这些人离开香港，心中还是生活在香港，一有机会就往香港跑。在当地拼命宣传自己的云吞面有多好吃，一回香港随便到街头一家，也吃得感激流涕。

再适宜居住的都市，对于他们，都没用。

# 土产

已经是旅行的世纪，交通发达，去什么地方都很方便，问题在于是不是说走就走。要是不走，一生人什么地方也甭去。

最普通的是拍张照片，证明到此一游，所以傻瓜相机卖得那么多，柯达和富士发达了，威过一阵子，目前才担心被数码代替。

更普遍的是买些不管用的纪念品，纽约自由女神像、悉尼树熊、伦敦火柴头御用兵，都是中国制造，你不想要，旅行团向导也会逼你买几个回来。

还是吃的最实惠，新加坡猪肉干、槟城咸鱼、曼谷榴梿糕，吃完了不会变成废物。

就是不明白为什么只看风景，不接触当地人，不看人家是怎么活的。

风景有什么稀奇？当今有电视机，要看什么地方有什么地方，巴黎铁塔、荷兰风车、埃及金字塔，看得不要再看，虽说亲自感受不同，但对一般游客，只是一张明信片。

旅行，最好的土产品，应该是回忆。

我时常说，是人，不是地方。遇到的人，才值得令你想起一个地方。如果交了一个朋友，怎么坏的地方，都会变好；遇上一个扒手，风景再美，印象也不佳了。去比我们贫穷的国家，我们应该感谢上苍，让我们活在乐土上；去了较我们文明发达的都市，我们应该争取那种自由的精神。

原来人可以这么活的！在印度，人们扭一团面，挞在壁炉上，一下子熟了胀起，就能吃了，比吃白米饭快得多了！

原来人可以这么死的！在墨西哥，人死得多，把死亡当成一个节日来庆祝，葬礼才放烟花。死，并不可怕。

原来人可以这么快乐的！在西班牙，明天是明天的事，何必忧国忧民？

下次旅行，带多点土产回来吧。

# 宇宙飞船

友人乘邮轮在亚洲地区数日游，价钱便宜得不可置信，回来后说吃的很丰富，各地风景优美，招呼好，表演有看头，房间整理得十分干净，赞不绝口。

“但是，就是受不了其他八婆，像在菜市场讨价还价那么吵！”他们说。

当然，人活在世上，都是有条件的。

澳门赌场也是一样，大众化的地方，喧哗是必然的，和蒙地卡罗比，毕竟不同，人家那边出入穿晚礼服，赌客神态悠闲得多。

要求更舒适的海上旅行，可乘美国邮轮，冲出亚洲，去夏威夷和墨西哥，再来是地中海或大溪地等。但是美国邮轮在有些人的眼中，还是不够高级，那可要乘意大利或英国人的船，得到的享受，又更上一层楼。

什么船都好，已比不上从前的。当年的海上旅行，搬上去的行李棺材那么大，衣服一件件挂在箱中，才不会折皱。万一遇难，把行李扔在海上，还可以当成浮箱，因为它是密封的。曾经有段时间，邮轮是个老死的行业，大家都坐飞机去了。

后来一出《海上爱神》（*The Love Boats*）电视片集卷起了

潮流，又托了《铁达尼号》的福，更将邮轮的乐趣推上高峰。这部讲沉船的电影不把观众的胆吓破，反而招徕大批的旅客，也是造化。

没有搭过邮轮的人，总对这种旅行有个憧憬：一生之中，一定要试一次！

试就试吧，可从亚洲地区数日游开始，坐过了才有资格说喜欢还是不喜欢。做现代人的好处是有很多东西唾手可得，从前我们吃寿司，贵得要命，不是人人走得进生鱼铺，当今有了回转寿司，轻易尝试。

最重要的是别老是讲而不去做，如果只在沙发上幻想，那么不要乘邮轮，坐宇宙飞船去。

## 同好

和团友麦氏夫妇的交往甚深，他们常到九龙城街市三楼去吃早餐，时而见面。麦先生是让我猜他的职业，给我五十次机会都猜不到的人，原来他专门从事制造将阿拉伯文变成英文的翻译机，世界上没有几家。

麦太为人风趣，长得玲珑可爱，他们没有孩子，养数只小狗，自己开厂，随时可以放下一切去旅行，除了担心宠物的起居。

两人都酒量极好，跟我们去北海道时，给粗口大王拉去喝，日本有种任饮唔嬲的制度，缴上两千円就行，但是有个条件，就是只能留在酒吧中两小时，过了又要付钱。一行人去大喝特喝，也不是为了省钱，好玩罢了，反正要证明谁是冠军，这是一个好办法。

第二天看到他们一群人，个个脸青青，美食当前，一点也吃不下去，我倒啤酒给他们，大家看了掉头就走，去洗手间把剩余的胆汁都贡献出来。

做生意人，对尾祃很重视，麦氏夫妇每年都隆重地大肆宴客，还老远请来几位阿拉伯代理商，我也参加过，看到的阿拉伯人都是大胖子，猛吞香港海鲜，表情甚为幸福。当然啦，去过阿拉伯的人，都知道他们的食物绝对不能和中菜媲美。和麦氏夫妇交谈，发现喜欢的东西很多相同，比如说暖气，他们就和我一样爱用火水炉，听说我从日本搬了几架回来，心痒痒的：上次去大阪，大风大雪，到处找，结果没有称心的，当今日本火水炉却要用电线拉电，不方便。

今天在新年的金泽团茶会中又遇到麦氏夫妇，我答应这次和他们一齐去买，万一再找不到，我就把自己那个让给他们，设计为一盏古老的船灯，非常漂亮，火生在玻璃罩内，半夜起身欣赏，尤其清雅。

送同好东西，自己也快乐。

# 苏先生

参加过我们的旅行团多次的，有一对夫妇，结婚数十年，还非常恩爱。丈夫八十岁，圆脸、红面，头虽秃，但看得出年轻时的潇洒。太太端庄，一眼就知道是一位出身极佳的贵妇人，但一点架子也没有，总是笑嘻嘻。有自信的人，才那么和善，不但对人有礼，连自己丈夫也“泽棠兄”前、“泽棠哥”后那么称呼，不像年轻人来一句老公。

姓苏。读报，看到绑架案警匪驳火的新闻，事主苏泽棠，不会是他那么巧吧？照片中证实了，即打电话慰问。

“过程好惊险，比拍电影更精彩。”苏先生说，“不过我很镇定。”

很想由他本人口述一些内幕，听了即刻写下来。岂知，在第二天的报纸上，苏先生已经将来龙去脉告诉了记者，内容更为详细，我那篇稿只有作废。后来苏先生又上电视又是报纸头条，一连数天。

再打电话给他：“在商界，你比李嘉诚还红；在娱乐圈，你的名气大过周润发。”大家在笑声中收线。

苏先生八十岁了，每晚在吃饭时还喝威士忌——Johnnie Walker 的金牌。一齐旅行时，他会偷偷地倒满一杯，请同事交在我手中。

“为什么不喝蓝牌？”我问。

“喝惯了金牌，不想改了。”他回答。

饭后，苏先生余兴未消，叫我去城内酒吧再喝，我因为还要赶稿，拒绝了，但他还是兜星港的其他同事去喝。一向笑嘻嘻的苏太太，忽然向同事们说：“不准！”

苏先生在事业上，早在六十年代已很有成就，的确有他过人之处。看绑匪最初要求五百万，给他冷静地杀到二十万，就知道他的厉害，真不愧为商人本色，哈哈。

## 清心

搬家，东西太过凌乱，只有出来住酒店。现在清晨四点，对栋壁，想写稿，但是一字不出，只能瞪那幅画发呆。

为什么每一个旅馆房中，非挂一两幅画不可呢？大多数是山水花卉鸟虫，但写意者甚多，工笔画很少。

酒店建立时总会请几个作画者，几百上千个房，每人负责一部分，一定要大量生产，画得多了，就偷工减料，愈来愈糊涂了，不肯工笔，反正住客的目的在于休息，或者偷情，谁有心情来看画呢？马虎一点算数。所以变成抽象了。看的人不懂，画的人也不懂。抽象画最难，要经过严格的基本训练，写实的也画得很好，才能把形象打破，成为感觉。但是这些所谓的画家，基本功没经验过，就出来涂鸦，面皮之厚，令人作呕。

即使基本功不肯去学，要踏入艺术这条路，也得有灵气呀！什么叫灵气？只能举实例来解释：小孩子的画，都有灵气，他们的思想还没被世俗污染，天才与否不要紧，总有个“真”字。而真，时常是灵气的起源。

色调更能影响情绪，酒店中看到的多是灰灰暗暗的东西，令人消沉。要不是对方特别诱人，也引不起兴趣做那一回事儿，为什么不能多点灿烂的阳光？为什么不是五颜六色的花朵？偏偏是看了不想去游玩的山水？

作画者还多数只签个名字罢了，连诗也不肯题一首。书画嘛，书行头，不懂得书法的画家，好极有限。

就算那简简单单的两个名字，像死鱼一般腥臭，蛇头鼠尾，俗不可耐。什么叫俗不可耐？与其付钱给这班半桶水，不如请一群儿童来作旅馆画，看起来清心，就算是借房间来干调皮事，也没罪恶感。

# 领带的乐趣

打开箱子，翻出一大堆的领带，至少也有几百条。

我对领带的爱好，得自家父影响，当年他在新加坡邵氏公司上班，也常打领带，最喜爱的是一条全黑的。别人迷信，说有哀事才结，爸爸才不管，一直打着，在公司也有“黑领带”的外号。

箱中也有无数的黑领带，颜色一样，但暗纹不同，有窄有宽，跟着时代潮流转换。穿蓝色衬衫，黑西装，黑领带，看到的人都说大方好看。

其中有些黑领带是双面的，由名厂Mila Schon制造，一面黑的，一面红的，或者有五颜六色的斜纹。这家厂的制品最好，完全手工，织得上稀下密，打完后一挂，翌日笔挺，不像什么利莱牌劣货，打完皱得像一条油炸鬼，久久不能恢复原状。

当年也要上千块港元一条吧，我买领带绝不吝啬，在外国旅游，一看到喜欢的即买。选领带有一套学问，你走进一家领带店，那么多的货物，买哪一条？很容易，像鹤立鸡群一样突出的，一定是条好领带。

在做《今夜不设防》那个节目时，更需要每次打不同的领带，我的收藏逐渐丰富，但买来买去，最吸引我的如果不是彩色缤纷的，就是纯黄纯红或全黑。领带要能和衬衫及西装撞色，并不一定要一个系统的颜色才顺眼，比方说浅啡色西装，蓝色衫，撞上一条黄色，也很好看。

但说到耀眼，还是要遇到丁雄泉先生才懂得。丁先生对彩色的捉摸非常了得，什么大紫大绿、粉红的广告色等俗气的颜色，一到他手上，完全变为艺术品。

丁先生的西装，有时也是他自己的画印在布料上才做出来的。他的花花世界中有无穷的变化，就算黑白，也被他画出色彩来。

举一个例子，有一回他来港住在半岛酒店，我接他去参加一个酒会，那次他的行李丢失了，没有他独特的领带，就叫我陪他到尖沙咀的后街，从一家印度人的商店买了一条便宜的黄颜色的丝质领带。回房间后，他用黑色的大头笔，在领带上画上一群游过的小鱼，穿上黑西装黑衬衫后，那条全黄领带简直彩色缤纷，酒会中不断地有美女前来问，领带是哪里买的。

后来我就向丁先生学画，也没举行过什么拜师礼，总之我们之间的感情，像兄弟，像父子，像师徒。他一年来香港两次，我也尽量两次去他阿姆斯特丹的画室学习。

“我能教你的，不是怎么画画，而是对颜色的感觉。”他说。

从此，我买了大量的白色丝绸领带，每条二三十块港元，当成白纸或油布，不停地涂鸦。当我结了领带到米兰或巴黎的时装街头时，很多人都会转头来看，欧洲人的个性就是那样，他们不会遮掩对美好事物的赞美。

“噢，是Leonard？”男男女女都那么问。

这家厂的衣服或领带的颜色非常缤纷和独特，每条千多至数千元，我也买过很多，后来自己会画了，就省下不少钱来。

丁先生用的颜料，由一家叫Flashe的法国厂制造，属丙烯（acrylic），说得白一点，就是乳胶漆，可以溶于水，但是干后又不褪色，可水洗。Flashe产品颜色比其他英国名厂的还要鲜艳，有的还加了荧光，画的领带，结上了去迪斯科跳舞，紫光一照，黑暗中还能发亮，领带晃来晃去，舞伴和周围的人看了也欢呼。

这些自己画的领带用了好久，近年来我喜欢穿“源 Blanc de Chine”设计的中式衬衫，圆领，不必打领带，就逐渐少画了。

剩下的不停地送人，也不够用，索者还是不断前来，曾经有家在机场卖领带和围巾的公司向我提议，要把我那些图案印在丝带上出售，但没有结果。

最近我在计划，在淘宝网上开一个网店，同事们都说领带会好卖，已经谈好一厂家专做一批，小生意而已，有兴趣可以买来玩玩。

自从硅谷人不修边幅，国家领袖又要亲民，打领带的人愈来愈少。不过，领带就会从此消失吗？我想也未必，到了隆重场合，始终要打上一条。

领带是优雅年代的产物。为什么发明？传说纷纷，最讨女人欢喜的说法是：为了要牵住男人。显然不必像牛一样地由鼻孔穿去，绑在颈上就是。这当然是笑话，男人的西装，打起领带来，还是好看，因为好看，所以一代传一代地存在下来。

在领带的全盛时期，生产过不少的花样。在我的童年，还看过方便领带，已经打好了结，绑在一个三角形的塑料模子上，有一个钩，男士们只要把衬衫领子结好，扣上就是。

打领带又有很多花样。起初去派对跳舞，还要叫同学们教，打了一个最复杂的温莎结。耳鬓厮磨之后，女友急了，撕开我的衬衫，又想帮我解领带，手忙脚乱，差点没把我勒死，这是多年前的事了。

# 高跟鞋

外国人都骂中国人让女子缠脚野蛮；他们的女人，自动献身穿高跟鞋，穿得脚都变形，岂非犯贱？

女人小脚，我想我是接受不来的，但穿高跟鞋的女人的确好看，要是她们的腿修长的话。愈高大的女人，愈应该穿高跟鞋，管那些矮男人去死。

专家研究的报告说，穿高跟鞋会令女人患种种疾病，最为严重的是性格分裂，哈哈哈，性格分裂的女人很好玩呀，要是不娶做老婆的话。和她们交往，等于同时认识两个，多好！

凡事过分了就不行，高跟鞋并不需要天天穿，一天从早穿到晚。出席宴会时，和男朋友相约时穿好了，谁叫你穿出病来？

曾经与穿惯高跟鞋的女子欢乐过，见她们露出了畸形的脚趾，即刻反胃，宁愿她们连做那回事时也不脱下来。

高跟鞋，最多也是到三吋为止，四五吋的那种，一点也不美观，女人穿上，等于自暴其短。

中国女人身材的缺点，在于腰长腿短，以为穿高跟鞋可以补救，其实大错特错。试想一个矮冬瓜穿上一双四吋高的，是怎样的一个丑态？洋妞腰短腿长，才有资格。

走起路来一跳一跳的，乳房和屁股跟着晃动，高跟鞋让男人有很多性幻想，发明者应该得到诺贝尔奖，虽然三千年前还没有诺贝尔奖。

但是一切露出来的东西都比不上隐藏着的。曾经看过长发的越南女子，一身单薄的白旗袍，开衩处也看不见小腿，给一件香云纱的黑胶绸包住。咦，腿怎么那么长？原来里面穿了一对高跟鞋，简直是绝品。

女强人也可以用同一个方式，穿西装长裤，再来高跟鞋，可惜她们的品位多数不高，只肯在着迷你裙时穿，大腿小腿的两团肥肉比猪的还粗。噢，学广东人说：看不下去。

# 兰味莲

冬去春来，夏日又快来到，非做好防毒准备不可。

在内地旅行，最苦恼的就是遭遇味觉骚乱。乡下同志绝对不觉得是一回事，拼命把狐臭传播出去，熏昏众生。

餐厅女侍应也来得个殷勤，不断替你更换碗碟。她们穿的旗袍，没有袖子，从腋下流出的毒气，杀人暗器也。

西湖美景，被人头汹涌的游客污染。本来杭州应该处处闻到桂花香味，如今，比万年阴沟还要臭，避无可避。

在香港，坐上一辆的士，司机大佬的狐臭，也是致命的。上下班的地下铁，旁边那个男人伸手抓着手把，才不管你是谁，臭气逼来，问你死未？

自爱的人，总会闻闻身上是否有股味道，喷点古龙水，涂些止汗膏。

但是，这些商品用的是铝化盐等物质，暂时塞住毛孔，不能根治。

从前西班牙出了一小筒牙膏状的药物，除臭效果最佳，可惜已断货，在市面再也买不到。

当今，可喜出现了Lavilin这种药膏，还没有译名，暂时称为“兰味莲”吧，在日本大卖特卖，是最流行的商品之一。

兰味莲是以色列吉士卡·哈拉文博士发明的药物，用天然草本制成，得到以色列政府的质量奖。化妆品得奖，还是第一次。

腋下或脚底发臭，是因为脂肪和蛋白质中产生细菌，排发出来异味。

兰味莲能够中和细菌的繁殖，道理就是那么简单，而且涂上一次，可耐两星期之久，味道再出现再抹，三四次后，全部清除。

商品装进唇膏般圆盒，红色的涂腋下，绿色的涂脚，每次用上一颗绿豆的分量，已足够。

放假游水、冲凉，都不妨碍药力，真是恩物，臭男女都应该由政府配给。

若购买，可到日本化妆品店Ex:beaute，在中环云咸街可找到。

# 筷子

说什么，也是筷子比刀叉和平得多。

我对筷子的记忆是在家父好友许统道先生的家开始的。自家开饭用的是普通筷子，没有印象，统道叔家用的是很长的黑筷子。

用久了，筷子上截的四方边上磨得发出紫颜色来。问爸爸："为什么统道叔的筷子那么重？"父亲回答："用紫檀做的。"什么叫紫檀？当年不知道，现在才懂得贵重。紫檀木钉子都钉不进去，做成筷子一定要又锯又磨，工夫不少。"为什么要用紫檀？"我又问。父亲回答："可以用一世人用不坏呀！"

统道叔已逝世多年，老家尚存。是的，统道叔的想法很古老，任何东西都想永远地用下去，就算自己先走。

不但用的东西古老，家中规矩也古老。吃饭时，大人和小孩虽可一桌，但都是男的，女人要等我们吃完才可以坐下，十分严格。

没有人问过为什么，大家接纳了，便相处无事。

统道叔爱书如命，读书人思想应该开通才是，但他受的教育限于中文，就算看过五四运动之后的文章，看法还是和现代美国人有一段距离。

我们家的饭桌没有老规矩，但保留家庭会议的传统，什么事都在吃饭时发表意见，心情不好，有权缺席。争执也不剧烈，限于互相地笑。自十六岁时离开，除后来父亲的生日，我没与家人同一桌吃饭了。

说回筷子，还记得追问："为什么要用一世人，一世人有多久？"父亲慈祥地："说久也很久，说快的话，像是昨天晚上的事。"我现在明白。

# 核桃夹子

欧洲的餐厅多在花园或后院设有露天茶座，让客人享受大自然。当核桃成熟时，一颗颗掉下，有时跌入汤中，溅得一身。掉下的核桃就那么吃，很新鲜，真是美味，最不容易的是打开它的壳。一般是用一支像吃大闸蟹时用的铁钳，但核桃圆碌碌，不会乖乖就范，还没剥开，已把手指夹肿。核桃夹子的款式众多，有把像烟斗的，凹下去的那个部分放核桃，伸出来那支东西用来转，把壳压碎；另外有把像发钳，把核桃放入，抓左右两手柄夹，可惜那个装核桃的部分做得太小，大一点的核桃就派不上用场了。我看了多把核桃夹子，最后决定买SYN公司的产品，由Giorgio Gurioli 和 Francesco Scansetti这两位意大利人设计，样子像支羽毛笔插在笔座上，笔座是放核桃进去的地方，羽毛笔管是手把，拉上了装核桃，把把手向下一压，壳即裂，又好用又是件艺术品。通常欧洲人用的夹子，是他们的一双手。把两颗核桃放进掌中，大力一夹，核桃互撞，壳就裂开，但是轮到自己试，就没那么顺利。

认识一个女士，介绍时握手，给她弄痛，问她力度为什么那么大。“哦，”她说，“我来自一个穷苦的家庭，有五个姐妹，父母失业，我们在家剥核桃仁为生，爸妈教我们唱一首歌，我们一面剥一面唱，听到哪一个没出声，一定是肚子饿偷吃核桃，就用棒子打我们的头。”

我在欧洲旅馆中吃核桃，打不开就会到洗手间的门缝去夹。这是父母亲教的方法。那天和朋友在树下进餐，个个人用手夹核桃。我打开餐巾，把五个核桃放进去，抓餐巾的四角，往地下大力一摔，啵的一声，五颗皆碎，看得欧洲友人叹为观止。

## 冠军牌牙刷

经过油麻地，我爱顺便游“裕华国货公司”。在二十世纪六十年代，台湾人进入这家专卖国货的，心有余悸，当今想起，真是好笑。

地下商场出售食品，也有杂货。卖的是一些不合时宜的东西，是为怀旧。

今天找到的是一把牙刷，骨柄鬃毛，全人工制造。

柄中有柄，是把牛骨刻成一只手，抓着鬃毛柄，柄头上印有商标“冠军”二字。

一百巴仙的真正猪毛织成的刷子，非常坚硬。包装的玻璃纸中有纸长条，写着“护磁洁齿，不损牙肉，确保牙齿光洁长寿”的宣传字眼。

牙齿能不能长寿不敢保证，但这把牙刷的确长寿。小时候用它，好像几年才磨损，很少想到要买新牙刷，几乎是能用上一生一世的。

当今的人还用“冠军牌”吗？在这个已经改用电动牙刷的年代。

各式各样彩色缤纷的产品，出现在药店和超级市场中，牙刷已是最不值钱的东西，到了酒店，还免费送你一把，即用即弃，有人笨得像我一样去买“冠军牌”？

但这种儿时回忆才最值得珍惜，我仔细地把这把牙刷把玩了又把玩。

翻看牙刷背后，发现有四道沟渠，拔出猪鬃，就那么一撮撮钩了进去，再拉出来，把鬃毛剪平。鬃毛有四排，左右十一个孔，共钻二十二撮毛，中间十二个洞，两排二十四，加起来有四十六道刷子，真有两下子。制造这把牙刷，要花上多少工夫？

牛骨部分，雕刻起来也不容易，那只抓着刷子的手，有五根手指，还刻出指甲来呢。末端钻了一个孔，方便用家用绳子穿起，把牙刷挂在洗脸盆前的架子上。

已经要卖到九块港元了，从前只是几毛钱的东西，但已不是问题，这把牙刷带给我的欢乐，要我出九十块来买，也是值得的。

# 追踪漱口杯

一直梦见小时候用的一个漱口杯。铁制，外面一层薄瓷，深黄颜色，上面印低俗的花纹，当时是一个红双喜。听说乡下人以它当嫁妆。

用久了，瓷片破烂，就露出黑色的生底，即刻生穿洞，杯子便得报销。见到此种情形，爸爸会用同颜色的胶漆修补，仔细地涂，看不出破绽，又能用多一年半载。

香港人最初北上做生意，也带一个漱口杯，年轻朋友听了觉得不可思议："什么不好带，带这么一个东西？"

经验过的人，像今天一齐喝早茶的麦先生说："当年内地的酒店设备之差，你想象不到，浴室中连个玻璃杯也没有，这个东西即刻派上用场。到了中午排队吃大锅饭，就用它来盛。晚上赶火车，睡觉时用外衣把漱口杯一包，当成枕头过夜。"

听得小朋友们连声惊叹："到底是怎么一个样子？真想看看。"

"到国货公司，一定有得卖。"这是标准的答案。但是标准答案多数不准，我去过国货公司，哪有这种东西卖？最多能找到一个不锈钢的。

记得去荷兰阿姆斯特丹的阿尔拔市场，和丁雄泉先生一齐买菜时，看到一家商店专卖怀旧货，里面就有这个漱口杯，至少要内地的二十倍价钱才肯出售。正想回头才去买，但一分心就记不得，结果万分后悔。

去内地旅行时也到处寻找，但都白费工夫。上次去了郑州的一个小杂货店，问老板娘有没有这种东西。她瞪大了眼："你以为我们河南是那么落后吗？"

最后遇见一个读电影的通天晓道具工，他说："在内地监牢，犯人还在用。"包二奶的话，或者可以进去找找。

# 蚝壳

一向用惯“新秀丽”（Samsonite）的旅行用品，后来邂逅了Tumi，便移情别恋，因为后者答应为我做永远的服务。用完之后发现Tumi虽然是纤维布质，还是相当重的，但为了耐用，这不算是什么大缺点。正在这么想的时候，忽然，手提行李的把手断掉，还不到一年。

怎么可能？公司当然答应为我更换，因为不能再修理了，可是我已在它上面画画，而且非常满意，再也创作不出那个味道。换一个新的给我，又如何？热爱Tumi的时候，连钱包也用同家厂做的，不到一阵子，已破掉。仔细看小字，原来是内地制造。渐渐地，我对这位新宠有点厌倦，还是回到新秀丽的怀抱。尤其是那个大行李箱，已画了两只猫，不想再换新的了。这个叫为“蚝壳”的新秀丽，至少跟随了我二十年，硬化塑料制造，内部没有布质的，更不容易损坏，简简单单的一个壳罢了。一天，像人老了掉牙一样，一个轮子脱落。旅行途中，拉不动，啼笑皆非。

回到香港后即刻去找，可能是太过耐用的关系，已经不出“蚝壳”。终于在油麻地的“永安”看到一个剩货，大减价，只卖八百港元。这个箱子设计已比老的那个进步，里面有挂西装的架子，并教旅客如何折叠，才不起皱纹，更加好用。锁是号码的，自以为用惯新秀丽，不看说明书就乱按，结果步骤错误，打不开，只有运到海运大厦的总行请人搞掂，顺便把旧的那个拿去看看是否能修理。以为要大师傅，原来店小姐很轻易地替我换上一个轮，就可如常使用。新的那个现在放在贮藏室，等旧的烂掉才搬出来吧。不过，今生可能用不到也。

## 手杖的收藏

向往十八九世纪的绅士拿着手杖的日子，那时候的人已不提剑，用手杖当时尚，作为种种不同的道具，是优雅的生活方式。

手杖（walking stick），中国人说为拐杖，要身体残缺时才用，这和我想象的差个一万八千里，故从不喜这个字眼。龙杖倒可以接受的，像寿星公或佘太君用的那根，《魔戒》中伦道夫的也很好看，但都不是我要谈的。

自从倪兄因为过肥，要靠手杖支撑，我就每到一处，都想找一支来送他，走遍古董店，不断地寻求。他用的，怎可以是那种廉价的伸缩型手杖呢？

最初在东京帝国酒店的精品部看到一根，杖身用漆涂，玫瑰淌血般的鲜红，表面光滑，美不胜收，爱不释手，即刻买下。

送了给他之后，也喜欢得不得了，但是少用，是因为怕弄坏了或丢掉，所以得不断地寻求。终于有一天，在北京的琉璃厂看到一根花椒木的，中国人做手杖自古以来都用花椒木，说摩擦了对身体好，买下，是看中它的形状。

枝干四处发展，开杈处刚好托手，杖头有角，像梅花鹿，真是有形有款。拿着它，从古董店走出来，乘人力车经过的洋汉看到，跷起拇指，大叫："Wow！Cool man，cool！"

从此，引发我收藏手杖的兴趣。尤其是我自己也要用上，在做白内障手术前，我一只眼睛看不清楚，梯阶感觉不到，像把3D看成了2D，是平面的，得靠手杖，大叫过瘾，可以一天换一支来用了！

发掘手杖，先从分类开始，有城市用的和乡村用的。前者也分：crooks，是把弯柄手杖，像雨伞那种；杖头前短后长，连接到其杖身的叫derby，让人带到赛马场去。乡村用的多数是一支过，手把圆形或分杈，种类多得不得了。

derby手杖的手柄，银制的居多，做成种种动物的形状，有鱼、鸭、狗、狐狸或狮子这些纯银的头，看银的重量，有些卖得极贵。

当然也有一拉开就变成一张小椅，杖尖可以插在草地上的手杖，那是有特别用处的，不值得收藏。还是带有趣味性的好，一谈起，当然想到杖里剑的，我买过一支，剑锋呈三角形，一拔出来冷光四射，奈何不能拿上飞机。

有趣的还有扭开杖头，就是一根清除烟斗的器具的，也有一根是开瓶器的，另外可以掏出五粒骰子来玩。神探Poirot用的那把，手柄可当望远镜，上网一查就能买到复制品。我买的那支杖身挖空了，可以放进三四个吸管形的玻璃瓶，一个装白兰地，一个威士忌，一个伏特加。

到哪里去买呢？世上最好的手杖店应该是伦敦的New Oxford St.五十三号的James Smith & Sons了。它从一八三〇年开始，卖的是雨伞，当然也附带生产手杖，最为齐全，也负责替客人保养一世。

当今我常用的手杖，好几支都是一位网上好友送的，她知道我喜欢，在欧洲替我寄来。一支是用黄花梨木做的，杖身很细，但坚硬无比，杖头用鹿角雕出，和黄花梨的接口连接得天衣无缝，非常之优雅。

另一支杖头圆形，用银打的，花纹极有品位，杖身的木头用snake wood，是极罕见的木头，在中美洲和南美洲发现，特征是分枝对称地长出，做出来的手杖有凸出来的粗粒，坚硬无比，又不很重。

最近寄来的那根，有个包薄皮的长方形木箱装住，打开一看，是用Macassar黑紫檀做的，杖头纯金打造，有六十二点八克重，刻有法国贵族的家纹，一九二五年由当时的巴黎名家Gustave Keller设计。

但并非每一支手杖都是名贵的，在雅典的古董铺中随便捡到一支样子最普通的弯柄手杖，长度刚好，就用二十欧元买下，陪我走遍俄罗斯和其他欧洲国家，不见了又找回来，很有缘分。同行的朋友都在打赌是用什么东西做的，有的说是藤，有的说是橄榄的树枝，争辩不休，说回香港后找植物学家证实一下，至今尚未分晓。

值得一提的是将游俄罗斯时适逢冬天，我有先见之明，在大阪的大丸百货看到一个铁打的道具，像捕兽器一样可以咬住杖身，下面有尖齿，在雪地上行走也不会滑倒。

上次去首尔，找到一位当地著名的铜匠，我极喜他的作品，杯杯碗碗都是铜制，用铜匙敲打一下，响脆声绵绵不绝。介绍了许多团友向他买，为了感激，他问能为我做些什么。我当然要求他用铜替我做根手杖，不过他回答铜太重，还是不适宜，即刻跑去找他做木匠的朋友替我特制一把。用的是白桦木，已经削皮磨白，中间那段还留着原木痕迹，手把做成一只鸭头，有两颗眼睛，甚是可爱。

最后一根手杖还没到手，刚从北海道的阿寒湖回来，那里有一位我最喜欢的木刻家叫泷口政满，他的作品布满“鹤雅”集团的各家高级旅馆，我也买过他一只猫头鹰，也曾经写过一篇叫《木人》的文章讲他。这次又见面了，他高兴得很，又问能为我做什么，我当然又回答要手杖了，请他设计杖头，像他刻过的“风与马”中那少女，飘起了长发。他答应了。下个农历新年又会带团去阿寒湖，到时就能有一根独一无二的手杖了。

## 刀枪的兴趣

我这个人没有什么暴力倾向，但是自小对刀枪有浓厚的兴趣。任何这一类的东西，哪怕是一把厨房刀，都深深把我吸引。

那次和丁先生到轩尼诗道上的“留园饭店”吃晚餐，经过了一间卖刀的铺子，墙上还挂几把手枪，即刻走了进去。

真是包罗万象，各类尖刀、发剪、修指甲工具、爬山刀等等，看得我心花怒放。

最过瘾是那把Beretta 92FS型的气枪，钢制，分量质感极足，不知道比日本产的塑料弹气枪好多少倍。

这把枪打的钢珠，是名厂Walther制造，一盒五粒。装上$CO_2$气筒，即能发射。

一般的$CO_2$气枪每打一发装一颗子弹，这把枪一共八发，可以一次次打，也能像机关枪一样连续发射。

好玩得发癫。但不射鸟，要是谁家闹鼠，叫我去治，一定全部消灭。

威力不过两个焦耳，在法律允许的范围内，不必怕给警察抓去，也不用执照。

另外有一把Walther CP99，也可以同样地连发八颗子弹。这支枪在最新的一部“007”用过。当年伊恩·弗莱明写的《密使》

是用同厂的PPK，但当今已火力不够猛，遇敌人一定被杀死，有了这把CP99才能防身。气枪是原厂制造的，不发射当成观赏用，也物有所值。

“我父亲开的这间店，已有六十九年。”老板陈仁生先生说。

香港那边总有些这种老店存在，九龙就少了。老店的特征是初去很不亲切，一交易多了，当你是老朋友。

“这么多货，都是你去收集的？”我问。

陈先生笑道：“自己没有兴趣，怎么做得下去？”

# 水

从小，我就没喝过由水龙头流出来的水。

首先，是蓄水池的水不够干净；再者，喉管老化生锈，流出黄泥颜色的水来。记得奶妈要缝一小布袋，绑在喉口，一两星期后变色，马上得换新的。

就算过滤，大人也不让我们喝，一定要煲过，等水凉后装入玻璃瓶中，再用个杯盖之。玻璃瓶用久了，底部的沉淀物愈来愈多，有时还会长出些幼毛来，当今想起十分恐怖，但当年大人说不要紧的。

这种情形之下的水哪里讲得上好喝，口渴了不是喝可乐，就学爸爸饮工夫茶。家父对沏茶水的要求是极高的，一大早就要叫我们四个儿女到花园中采集露水，忙个半天，也收不到一杯半瓶。

一直不知清水的味道，直到去了日本。小公寓房中连雪柜也没买，一开水喉，流出来的水是冰凉的，清澈无比，喝出带甜的味道来。

“这是什么水？”问人。

“地下水呀。”回答道。

地下水，原来是大地上的水渗透到地底，经沙石和火山岩过滤，蓄在地下的一个空间，人们再放一条管下去把水抽出来，就是地下水。如果附近有火山加热，那么喷出来的，就是温泉了。

当年还不觉得浪费，买了水果就放在水龙头下冲，冲久了苹果葡萄都变得冰凉，更好吃，大家都那么做，就不知道节省用水了。半世纪下来，东京的地下水被抽光了，大家只有买瓶装水来喝。

在香港定居后，最早买的是崂山矿泉水，有咸的也有淡的，这广告词句，相信很多老香港会记得。一箱箱地买，由裕华百货送来。

为什么知道崂山水好喝？大醉之后，醒来，喝口煮沸过放凉的水，和喝一口矿泉水，就明白前者一点味道也没有，而后者是甘甜的。

大地的水已受污染，从此和矿泉水结下不尽的缘，走到哪里，都要买来喝之。而瓶装的所谓蒸馏水呢？最讨厌了，不但毫无味道，而且什么物质都被蒸馏滤光，拿来浇花，花也会死去的。

崂山矿泉大概也被抽得干枯了，产品很难买得到，用什么代替呢？只有随处都能购入的Evian了。它的确润滑带有甜味，和其他矿泉水一比，即刻喝出分别，像同样是法国产的 Volvic，就平淡得多，也喝不出甜味。

在外国旅行时，西餐腻而生厌，只有喝有汽的矿泉水来解闷，喝的最贵的是法国Perrier，被美国加州人捧为水中之香槟。好喝吗？一点也不好喝，尤其是加了柠檬味的，各位不信，可与崂山的有汽矿泉水一比，就知输赢。

说到有汽矿泉水，首选还是意大利的San Pellegrino，它让客人一喝就有满足感，是别的有汽矿泉水中找不到的。去到法国餐厅，叫一瓶有汽的水，摆架子而无实际的会给你Perrier。但真正好的餐厅，对意大利的还是俯首称臣，一定会给你San Pellegrino，你走进一间法国餐厅，看他给你这一瓶，就是信心的保证了。

在欧洲的食肆一叫水，侍者即会问："Con gas? Sin gas?"那就是有汽和无汽之分。如果不想混淆，没有汽的叫 spring water，有汽的叫sparking好了，就不会弄错。

在亚洲喝矿泉水，除了日本的，都不十分可靠，有的还是用自来水来装扮的呢。我劝诸君，还是喝啤酒稳当，要不就来瓶可乐吧。

日本是例外，政府的检测严格，绝对不允许商家乱来，各种矿泉水都有一定的水平。至于哪种最好，我有一群专门研究喝茶的朋友，试过几乎所有的瓶装矿泉水，都一致认为北海道的"秘水"是天下第一。

当今韩国饮食崛起，市面出现了不少优质的矿泉水，如韩国蔚山广域市蔚洙郡的思帕光，韩国深海的舒尔海洋深层水，等等。试过了，对不起，虽然我是韩国大粉丝，也不觉得有什么特别。

反而是很容易买到的斐济维提岛的Fiji好喝，天涯海角的产品，没有受到太多的污染，信得过。

友人住加拿大，说冰川的矿泉水大把，又是几亿年的冰块融解的，等等，问说有没有兴趣做代理，有不断的货源可以供应。我即刻摇头拒绝。

要知道，生产一种矿泉水的资本是庞大的。不是水值不值钱的问题，是需要一大商业机构来大力推广，所花的广告费是惊人的。一旦可以进入市场，又受资金被压住的风险，有很多百货公司会大量地取货，但交不出钱来。

喝威士忌，如果不是单一麦芽的，混合威士忌是可以加冰掺水的，那更要一瓶好矿泉水了，不然浪费掉整瓶酒了。就算是单一麦芽的佳酿，也可以滴一两滴佳泉进去，让气味打开。卖威士忌的地方会给你一个吸管，像小时喝药水的那种，把一头的橡皮球一按，就能吸出几滴来，甚是好玩。

活在当下，什么都可以省，水不能省吧？趁还能在地下挖出干净的水，多花一点钱，买瓶信得过的水吧！

# 樽装水

樽装水的出现，至今最多是五十年吧？

记得四十年前第一次看到“崂山矿泉水”，买回家喝，平时喝和冷开水没有什么分别，但是大醉之后，半夜清醒，开一瓶来喝，的确感觉到矿泉水的清新和甜味，与煲过的水到底不同。

当今，樽装水大行其道，全世界的生意额是每年四百六十亿美金。樽装水和自来水有何差异？答案是：在落后国家，樽装水比自来水干净、安全和味美，但是在美国、加拿大、新西兰等国家，不是专家，是喝不出分别来的。

小时候在新加坡喝的自来水，煲后有一层毛茸茸的褐色沉淀，长大了居香港，自来水有阵很强的氯气味，像游泳池的水，倒是事实。

但是住美国和日本那段时期，每个人都由水龙头开水来喝，和樽装的一样呀，有时还是冰凉的呢。

国家一有钱，就非喝樽装水不可了，这等于是身份象征。你拿一个玻璃瓶去水龙头盛水来喝？给别人看到笑坏肚皮。

我们这些喝惯樽装水的人，去到印度、非洲等地方，都已经不敢沾当地的水，洗脸刷牙都要开它一瓶，但是生长在沙漠、森林的孩子们，好奇地等着我们喝完，把瓶子一扔，即刻捡回家用。看到这个情景，就得反省一下。

天下有二十六亿，相等于四十巴仙的人口，没有干净的水喝。世界卫生组织调查，有八成的疾病，是因为喝肮脏水得来的，每年得死了五百万人。

我们不是什么救世主，也不能说为了这些人我们再也不喝樽装水。但是，如果在水龙头水没有问题的地方，能喝就喝吧，别再花钱去买了，塑料瓶对环境的污染，也是罪过。

只要有那么一点小小的心意，也就够了，而且有很多的樽装水含的化学物和细菌都是超标，如果一定要喝瓶装，喝啤酒去吧。

# Cohiba Esplendidos

杨广兴先生和太太经常参加我们的旅行团，带了一个小女儿，头发卷曲，美得像个洋娃娃，给所有团友都留下深刻印象。

饭后，杨先生总拿出他的Cohiba 来请客，抽烟的人已少，抽雪茄更是不多，只剩下我们两人慢慢享受。

他抽的是Esplendidos，直径七分，长七吋。一枝抽抽停停，耐得一个钟左右。

我也爱古巴烟，但没他那么高级，抽的是又便宜又凶的Punch，现在给他影响上了瘾，开始吸起Esplendidos 来。

当今香烟少抽了，吸雪茄成为我最大的乐趣之一，每天盼望一早到办公室去，燃上一管，吸一口喷一口，啊，不羡仙矣。

有时吸到一半，因事外出，便得把雪茄熄灭，重燃雪茄并不是问题，但须保持清洁整齐，把点处剪平才行。

雪茄剪刀有多种，贵的到几千块一把，但是放在我的和尚袋之中只是增加人生重量，不为我好。剪过后的雪茄得放进一个盒中。

盒子多数是皮革的，也很重。Davidoff 出些金属搪瓷的，精美得很，但是更重，不方便携带。最轻巧的是一种瑞士生产的炭质和塑料混合盒，完全是人手制，卖得很贵，人家那边人工高嘛。

讲回雪茄剪，有的可以剪成V字形的，有的打一个洞，但是要大口大口吸，只可剪一大截下来，头和尾同个直径。

这时，手头唯一一种工具是把雪茄钻进一个洞，再用一片利刃一刀剪下那种。它名叫姬路汀，法国的断头台。每次使用都想起玛丽亚·安东，好玩得要命。

瑞士生产的雪茄断头台，洞太小，Esplendidos 伸不进去。换了一个不是名牌的，又便宜又好用，看是什么地方做的，原来来自台湾。

# 浅尝

和小朋友聊天。当然是有关于吃，和我交往的都喜欢谈饮食，也只有这种话题，最为欢乐。

“我发现你原来是吃得不多的，你的许多朋友也说，蔡澜这个人不吃东西的，这是不是因为你已经吃厌了，人也老了？”小朋友口没遮拦，单刀直入。

“老不是一种罪，我承认我是老了，有一天，你也会经过这个阶段。至于是不是吃厌，好的东西怎么会吃厌呢？当今好的东西少了，我就少吃一点。”我老实地回答。

“照样很多呀，有瓜果菜蔬，有猪肉鸡肉，有石斑也有苏眉，怎么说少了呢？”小朋友反问。

“有其形，无其味，你们吃的鱼多数是养殖的，肉类的脂肪也愈减愈少，蔬菜更是经基因改造，弄得没有味道。人类为了贪婪，拼命促生，有些还加了很多农药，又为了养殖失去颜色，不管人家死活，加苏丹红等色素，不好吃不要紧，吃出毛病来可不是开玩笑的。”

小朋友怕了：“那……那我们要怎么样才好？”

“一切浅尝。”

“浅尝？”

“是，是一种很深奥的学问，美食当前，叫你不再去碰是不容易的，我自己也忍不了，要学会浅尝不容易。”我说。

“那我们年轻人呢？要怎么开始？”

我答：“从要吃就吃最好的开始。别贪便宜，有野生的，贵一点也得买，吃过野生的，就知道滋味有多好，再也回不了头去吃养殖的了。”

小朋友点点头，好像有点明白这个道理：“那和浅尝有什么关系？”

“你们这个年代，就算有钱，能吃到野生东西的机会也不多，那么就别贪心，吃几小口就放弃，看到养殖鱼，只用它的汤汁来浇白米饭，也是一种美食。”

“白米饭吃了会发胖的！”

“胡说，现在的人哪会吃得太多饭？你们发胖，是因为你们喜欢吃垃圾食物，而垃圾食物多数是煎炸，煎炸的东西吃多了，才会发胖！”

“煎炸的东西很香，你不喜欢吃吗？”

“我也喜欢，不过我喜欢吃好的。”

“煎炸也分好坏吗？”

“当然，包着那层粉那么厚，吸满了油，我一看到就觉得恐怖。好的天妇罗，炸后放在纸上，最多只有一两滴油，你吃过了，就不会去尝坏的了。”

“我们哪有条件天天去吃高级天妇罗？”

“把钱省下，吃一次好的，这么一来，至少你不会天天想吃肯德基。同个道理，你吃过一顿好的寿司，就不会想去试回转的了。”

“道理我知道，但是我们还在发育时期，你教我怎么不吃一个饱呢？”

“那我宁愿你吃几串鱼蛋、一碟炒饭、一碗拉面，每一种都浅尝，好过用一种东西塞得你的胃满满的，对感情，花心我不鼓励，但对食物，绝对要花心！”

“这话怎么说？”

“好像吃鱼，如果有孔雀石绿，那么少吃一点也不要紧，吃太多，毛病就来了。吃火锅有地沟油，那么吃少一点，再来杯茶解解，也没事。”

“你的意思是什么都可以吃，但是什么都少吃一点？”

“对，要保持好奇心，中国菜吃了，吃日本，吃韩国，吃泰国，吃越南，吃西餐，什么都好，什么都不必狂吞，多吃几样。”

“不喜欢的呢？像芝士，我就从来不碰。”

“也要逼自己去吃，试过了，你才有资格说喜欢或者不喜欢，从来不碰，就是无知，年轻人求的是知识，你怎么可以连这一点都不懂？芝士很臭，但是可以从不臭的卡夫芝士开始，蘸点糖，甜甜的，好像吃蛋糕，慢慢地你就会发现卡夫芝士满足不了你，因为这是牛奶做的，当你要求更浓郁的味道时，你就会去吃羊奶的了，到时，这个芝士的味觉世界，就给你打开了。”

“榴梿也是同一个道理？”

“对。把榴梿放在冰格上冻硬，拿下来用刀切一小片，当雪糕吃，当你接受了，泰国榴梿满足不了你，便会去追求马来西亚的猫山王了。”

“道理我明白，但是有些人也只爱吃麦当劳，只喜欢吃肯德基，那怎么办？”

“那只有祝福你了。”

小朋友有点委屈："对着一些我爱吃的东西，总得吃个饱，你怎么说我也不会理睬的。"

"我知道，有些东西在这个阶段是很难入脑的，我现在唠唠叨叨地向你说，也不希望你会理解，我只是在你脑中种下一颗种子罢了。有一句话你记得就是：今天要吃得比昨天好，希望明天比今天更精彩。到时，你就会发现，一切食物，浅尝一下，就够了。"

# 饮食节目问答

和小朋友聊天。

问："听说你最近有做新饮食节目的念头，会有什么内容呢？"

答："主要的是保存濒临绝种的美食，尽量重现一些古时候的菜谱。还有让观众知道，平凡的食材，也能做出精彩的菜。"

问："只讲中国菜吗？"

答："也不是。像旅行，一生总要过，看别人是怎样过，把节目做成味觉的旅行，同样食材，别人是怎么做出来的，让大家参考。"

问："举个例子吧。"

答："比方说，你到一家好的外国餐厅，如果面包不是自己烤的，那么这家餐厅好极有限。中国食肆最不重视白饭了，为什么不能像外国的一样，把一碗基本的饭炊得好一点呢？从白饭延伸，做出粥来，各种不同的粥，也用米，磨成浆，烹调出各种吃法，像肠粉等等。"

问："那也可以做不同的炒饭了？"

答："这当然。"

问："要不要比赛呢？"

答：“何必，大家切磋，多好！”

问：“还有什么可以添加的？”

答：“我想加多一个餐桌上的礼仪的环节。”

问：“不会闷吗？”

答：“不说教就不闷。而且是我们很需要的一课，像吃饭时抢着夹菜，就不应该，我们还有很多人会把菜东翻西翻，也不对。”

问：“这不是很基本的吗？”

答：“是基本，但不懂的人还是很多，需要提醒。我们很幸运，有父母指引，但现在大家都忙，也许忽略了。像吃饭时发出啅啅的声音来，也不雅。”

问：“现在很多人都是这样吃的呀，成为习惯，大家都啅啅声，也就接受了，没什么不对呀。”

答：“朋友一起，家人一起，怎么吃都行，但是出不了大场面。在外国旅行，总有一些国际上的基本礼仪要遵守，否则人家看了虽然不出声，但心中看不起你，我们何必做这种被人看不起的事？”

问：“这是因为你年纪大了，看不惯年轻人的反叛。”

答：“对。我们年轻时也反叛过，不爱遵守固有的道德观，父母看不惯。但这不是反叛不反叛的问题，是做人做得优不优雅的问题，是永恒的。”

问：“还有什么环节？”

答：“很多，像食物的来源和人生的关系。”

问：“举个例子。”

答：“像东方吃白米长大的，和西方吃面包长大的，在身体上有什么不同。发育也完全不一样，东方的孩子，送到西方去，也比较高大呀，这是明显的例子。”

问：“那要研究营养学了？”

答：“这让学者去讨论，到底是电视，很实际地需要收视，必须有娱乐性才行。如果太多篇幅去谈药膳之类的，就太过枯燥了。”

问：“那么讲不讲素食呢？”

答：“当然得涉及，讲的是真正的素食，不是把素食变成什么斋叉烧，什么斋烧鹅。这么一来，心中吃肉，也等于吃肉了，不是真正的素。”

问：“可以做些什么素呢？”

答：“在食材上去下功夫，像有种海藻叫海葡萄，就那么用醋和糖来腌制一下，就是一道美食。”

问：“叫大师傅来做？”

答：“也要请他们示范。不过家庭主妇的手艺也不能忽略。她们的菜，做给子女吃，一定用心。用心做的，是餐厅大师傅缺少的。有时候，她们在很短的时间内，也可以做出一桌菜来，应付丈夫临时请来的客人。真是有这些卧虎藏龙的厨娘，都要一一发掘。”

问：“有没有减肥餐呢？”

答：“没有。”

问：“怎么答得那么绝？”

答：“最有效的减肥餐，就是不吃，不吃就不肥。倪兄说过：‘纳粹集中营里面，哪会有胖子？’别做梦了。”

问：“那么讲不讲人与食物的亲情？”

答：“饮食节目是应该欢乐的，太多挤眼泪的情节，还是留给《舌尖上的中国》去做吧。”

问：“外国拍的饮食节目，有什么可以借鉴的？”

答：“我都不想重复他们的内容，精神上可以抄袭，像他们的一个小时之内做出多种菜来，就有那种压迫感，也许我会请一些专业厨师，或一些生手，在二十分钟之内做出几道菜来。”

问：“做得到吗？”

答：“中国的煮炒，都是在很短的时间内完成，像《铁人的料理》那种节目，如果让一个巧手的厨师去做，一个小时里面，做出一桌菜来，不是难事。”

## 可否食素？

“妈妈，去吃些什么？”小时问。

星期天，不开伙食，一家大小到餐厅吃顿好的，母亲回答：“今天是你婆婆的忌辰，吃斋。”

“‘斋’字怎么写？”

看到一个像“齐”的字，妈指着纸：“这就是‘斋’了。”

桌上摆满的，是一片片的叉烧，也有一卷卷炸了出来的所谓素鹅。最好笑的，是用一个模型做出一只假得很不像样的鸡来。

吃进口，满嘴是油，也有些酸酸甜甜，所有味觉都相似，口感亦然。一共有十道菜，吃到第三碟，胃已胀，再也吞不下去了。

“什么做的？”我问。

“多数是豆制品。”爸爸说。

“为什么要假装成肉，干脆吃肉吧！”这句话，说到今天。

西方人信教，说心中产生了欲望，就是有罪了。我们的宗教还不是一样？看着假肉吃肉，等于吃肉呀。从此，对于这些伪善者，打从心中看不起。

我有一个批评餐厅的专栏，叫“未能食素”，写了二十多年了。读者看了，问说：“什么意思？”

“还没有到达吃素的境界，表示我还有很多的欲望。并不是完全不吃斋的。”我回答。

“喜欢吗？”

“不喜欢。”我斩钉截铁。

到了这个阶段，可以吃到的肉，都试过，从最差的汉堡包到最高级的三田牛肉。肉好吃吗？当然好吃，尤其是那块很肥的东坡肉。

蔬菜不好吃吗？当然也好吃，天冷时的菜心，那种甘甜，是文字形容不出的。为什么不吃斋呢？因为做得不好呀，做得好，我何必吃肉？

至今为止，好吃的斋菜有最初开张的“功德林”。他们用粟米须炸过，下点糖，撒上芝麻，是一道上等的佳肴，到现在还记得清清楚楚。当今，听人说大不如前。

在日本的庙里吃的蔬菜天妇罗，精美无比。有一家叫“一久”的，在京都大德寺前面，已有五百多年历史，二十几代人一直传授下去，菜单写着“二汁七菜”。有一饭，即是白饭。一汁，味噌汤。木皿，醋渍的青瓜和冬菇。另一木皿是豆腐、烤腐皮、红烧麸、小番薯、青椒。平碗，菠菜和牛蒡。猪口（名字罢了，没有猪肉），芝麻豆腐。小吸物，葡萄汁汤。八寸，炸豆腐、核桃甘煮、豆子、腌萝卜茄子、辣椒。汤桶，清汤。

用的是一种叫朱碗的红漆器具，根据由中国传来的佛教餐具制作。漆师名叫中村宗哲，是江户时代的名匠。用了二百年，还是像新的一样，当然保养得极佳。这是招待高僧的最佳服务。

但是吃那么多，是和尚的心态吗？如果是我，一碗白饭，一碗汤，一些腌菜，也就够了吧？

吃斋应该有吃斋的意境，愈简单愈好，像丰子恺先生说，修的是一颗心。他也说过，其实喝白开水，也杀了水中的细菌。而且，佛经上，没有说不能吃肉，都是后来的和尚创造出来的戒条。

日本人叫吃素为精进料理。“精进”这两个字也不是什么禅宗的说法，吃的是日常的蔬菜，山中有什么吃什么，当然用心去做，也是修行的道理，做得精一点不违反教条，所以叫成精进料理。

各种日本菜馆已经开到通街都是，就是没有人去做精进料理。在香港或内地各大城市，如果开一家，大有钱可赚，台湾人的斋菜馆就是走这一条路线，生意滔滔。

吃素我不反对，我反对的是单调，何必尽是什么豆腐之类呢？东京有一家叫“笹之雪”的，店名好有诗意，专门卖豆腐，叫一客贵的，竟有十几二十道豆腐菜，我吃到第四五道，就发噩梦，豆腐从耳朵流出来。

何必豆腐、腐皮、蒟蒻呢？一般的豆芽、芥蓝、包心菜、西红柿、薯仔等等，多不胜数，花一点心机，找一些特别的，像海葡萄——一种海里的昆布，口感像鱼子酱，好吃得不得了。哎呀！这么一想，又是吃肉了。

各种菇类也吃不完。一次到了云南，来个全菌宴，最后把所有的菇都倒进锅里打边炉，虽然整锅汤甜得不能再甜，但也会吃厌。

我喜欢的蔬菜有春天的菜花，那种带甜又苦的味道百吃不厌，又很容易烫熟，弄个即食面，等汤滚了放一把菜花进去，焖一焖即熟，要是烫久了就味道尽失。就是香港的菜市场没有卖，我每到日本都买一大堆回来。

还有苦瓜呢，苦瓜炒苦瓜这道菜是把烫过的和不烫的苦瓜片，用滚油来炒，下点豆豉，已经是一道佳肴，如果蛋算是素的话，加上去炒更妙。

人老了，什么都尝过时，还是那碗白饭最好吃。我已经渐渐地往这条路去走，但要求的米是五常米或者日本的艳姬米，炊出来的白饭才好吃。这一来，欲望又深了，还说什么吃斋呢？还是未能食素！

# 委屈

其实，我喜欢看别人吃东西，多过自己吃东西。

什么都吃，吃得津津有味的相貌，是多么地赏心悦目。

最怕遇到对食物一点兴趣也没有的人，这种人多数言语枯燥，最好敬而远之，不然全身精力都会被他们吸光。

各有选择，我对素食者并不反感，尊重他们的权利，你吃你的斋，我吃我的荤，互不侵犯。

讨厌的是吃斋的人喜欢说教，认为吃无机种植的蔬菜才是上等人，吞脂肪的人像患麻风，非进地狱不可，永不超生。

素食者人数一多，对肉食者群而攻之，凡肉类，都是一切病的源头。我没有不舒服，也好像犯了罪，一定要说到你去看医生。

素食者人数一少，便眼睁睁地坐在一旁，看别人大鱼大肉，自己便作委屈状：“啊！我这个可怜的人，什么东西都没得吃！啊！可怜呀！好可怜呀！”

已经专为这种人叫了一碟什么罗汉斋之类的。一上桌，试了一口：“咦！怎么这么难吃？”从此停筷，继续作他们的委屈状。

当然啰，又不是素菜馆，大师傅烧不惯，像个样子已经算好的了。不吃就不吃！算了，他妈的！

吃素没什么不好，但是强迫儿女也一齐吃斋，就是罪过。这些人的儿女长大后，面孔和他们长得一模一样，面黄肌瘦。可憎。

有一位朋友，不但不吃肉，连蔬菜也不碰，一味喝酒。她一坐下来就向各位声明，不太吃东西，主人不相信，拼命夹菜给她，她只是笑笑，也不拒绝，但不碰就不碰，反正早已告诉过你，不能说我浪费。这种人，什么都不吃，也可爱。

# 报复

在这些苦闷的日子里，最好做些花工夫的事，到菜场去买几个青柠檬，把底部削去一截，让它可以站稳，再切头，用银茶匙挖空，肉弃之。

然后在厨房找一个不再用的小锅，把白色的大蜡烛切半，取出芯来，蜡烛扔进锅中加火熔出，一手拉住芯放在青柠檬里，一手抓住锅柄把蜡倒进去。

冷却，大功告成。点起来发出一阵阵的天然柠檬味，绝对不是油熏香精可比。

同个道理，买了几个红色的小南瓜，口切得大一点，去掉四分之一左右，瓜籽挖出，瓜肉拿去和小排骨一起熬汤，熬个个把小时，南瓜完全溶掉，本身很甜，加点盐即可，味精无用，装进南瓜壳中上菜，又漂亮又好喝。

橙冻也好玩。美国橙大多数很酸，买泰国绿橙好了，它们最甜。切头，挖肉备用，另几粒挤汁，加热后放鱼胶粉。现买的jelly粉难于控制，其中香料和糖精味道也不自然，还是避之为妙。鱼胶粉不影响橙味，倒入橙壳，再把橙肉切丁加进去，增加咬嚼的口感，冻个半小时即成。

天气热，胃口不好，还是吃点辣的东西。把剩余的鱼胶粉溶解备用。那边厢，将泰国小指天辣椒舂碎挤汁，加酱油或鱼露，混入鱼胶粉中，冷却后再切成很小很小的方块，铺在猪扒或其他食物上，又是一道惹味的菜。

炖蛋最过瘾了，利用日本人的菜碗蒸方法炮制，材料尽找些小的，浸过的小虾米，小条白饭鱼，半晒干的那种，金华火腿选当鱼翅配料的部分，切成小丁丁。鸡蛋仔细地用菜匙敲碎顶部，留蛋壳当容器，打蛋后和其他材料混合，再倒回蛋壳中，最后把吃西瓜盅用的夜香花铺在上面，隔水炖个五分钟即成。

向苦闷报复，一乐也。

# 生意经

碌命作祟，总要找点事做。我也知道优哉游哉的乐趣，但是一面作乐，一面赚钱，满足感更胜一筹。

有风险的投资，已不是我这个人生阶段应该付出的担忧，干点小生意，安安稳稳地得到一点点的回报，才是一条大道，但能做些什么呢？

想了又想，不如开个网店吧。

开网店的好处在于不必付贵租，对香港人来说，一大喜事也。

怎么开？很容易，有个地方，叫淘宝。事前先做好功课，飞去杭州，参观淘宝的总部，其大无比，简直是一个王国。淘宝网站截至二〇一三年，拥有五亿的注册用户，每天有六千万人次的固定访客，在线商品超过八亿件，单日交易额达四十三亿八千万人民币，而且每天还在增加。

与淘宝高层的会议中，得知的是：一、商品必须要有独特的个性，方能突围。二、如果商品的背后有个故事，更能引起访客的兴趣。三、尽量在各个电子传媒中安排宣传攻势，以引起访客注意。

回来一想，这些条件，我是具有的。

但说起来容易，怎么实行呢？一件商品，卖得好的话，就得趁热打铁，囤很多货发售，但潮流一过，如果没卖，那怎么办才好？银行界的友人常告诉我，很多生意，愈做愈大，资金不够就来银行借钱，而结果失败的，都是因为存货太多，而还不了银行的借款。

做任何一件事，都得学习，吸取前人失败的教训，尽量避免。这么一来，就会发现失败的例子比成功的多，愈来愈多的顾虑，又令人裹足不前了。

我老是说：做，成功的机会是五十五十；不做，机会是零。会教别人，自己呢？

做呀！就胆粗粗地开了一家网店，找设计师做个标志，最后还是用了苏美璐的插图，做出一个叫“蔡澜花花世界”的网站来。

最初尝试卖茶卖酱，符合了第一个要求：商品必须要有独特的个性。我把我怎么发展出这些产品的经历娓娓道来，算是符合了第二个要求：要有故事性。至于第三的商品推广，我在微博四年来的努力，回答各位网友问题、每天刊登我一篇散文等等，至今累积了八百五十八万六千八百三十个粉丝，比香港人口多，可以借这个渠道，积极地推广。

客人来自五湖四海，我必须要有一个团队，在运输时若产生什么问题，即能一一解答及安顿顾客。好在发货方面，有一家很有信用的公司，叫顺丰，他们的规模已经能做到像 DHL或 FedEx 那么完善，甚少差错。

团队的组织和基地的租金等等，都得靠经济支持。这时，在我举办的旅行团中认识了一位很热心又能信得过的好朋友刘先生，也是我的知己会会长，他本身做高级印刷，在内地有工厂，对我的小生意方案有兴趣，愿意协助，也就水到渠成地成为我的合作伙伴了。

本名为“暴暴茶”的茶叶，我一向认为名字太过强烈，当今改为“抱抱茶”，加上“蔡澜咸鱼酱”和其他酱料，即做即卖光，是种小尝试。今后的产品，必须是有季节性和长期性的，我决定从三方面着手：端午的粽子、中秋的月饼和过年的年糕。命名为“童年记忆的美食”系列。

产品都得事前预售，否则做得太多，又会冒卖不完的风险。虽说现在还早，当今急务，是怎么做年糕了。

在十几年前，当我接到中山三乡的年糕，一打开盒子，竟然有人头那么大。这个年糕，的确让人震撼，也唤起儿时吃过的回忆，那时的年糕，是那么大的。

我即刻赶去中山市，寻找为我制作的忠师傅。忠师傅与我结交多年，对食物的制作态度严谨，有一份很顽固的执着，又坚持做原汁原味的东西，和我的理念是一致的。

广东省中山市三乡种满了香蕉，我首先看到的是一望无际的香蕉园。这是包裹年糕的最原始材料，采取了大片的香蕉叶，先洗净及高温处理，排除一切杂质以及杀菌，方能使用。

再下来是选最好的糯米，磨成粉后晒干，成为糯米粉，再加最原始的蔗糖，高温下淋在糯米粉中，反复搓揉，以新鲜的蕉叶包裹，最后才放进巨大的蒸炉中蒸出来。这时的年糕呈浅褐，是砂糖的原色，不加任何人工色素。

制成品真空包装，再装入坚硬的纸盒，在运输过程中不会撞坏。蕉叶本身有防腐作用，年糕送到客人手中，不必放进冰箱，也能摆放十几二十天不会变坏。摆放过程中即使表面发出霉菌，只要用湿纸抹去，即可放心食用。这时的年糕可以切片，就那么煎来吃。再不放心，可以把表面那层切掉，一定没有问题。

依足妈妈的做法，喂了蛋浆再煎，味道更香更妙。加一点油也可，不加无妨，年糕本身有油，不会黐底。真空包装放进雪柜，更可以保存几个月，肚子一饿就煎一片来吃，好过方便即食面。

年糕重量三千二百五十克。

事前功夫准备好，客户一下订单，我方才制作。一方面是保证新鲜，再来，我不希望因为囤货而亏了老本，一切资料将放在“蔡澜花花世界”淘宝网上，各位若有兴趣，多多帮衬，谢谢大家。

# 关于健康

问：“作为一个美食家，你注重健康吗？”

答：“智者曾经说过，作为一个美食家，从牺牲一点点的健康开始。”

问：“但是当今流行的，都是以健康为主。”

答：“以健康为名，许多美食文化，都被消灭了。”

问：“这话怎么说？”

答：“举个例，上海本帮菜的特色浓油赤酱，现在已无影无踪，得拼命去找，才找到几家吃得过的。”

问：“从前的人缺乏营养，菜要又油又甜，当今的人富裕，得吃清淡一点嘛。”

答：“太过清淡，同样对身体不好。”

问：“猪油不能总吃吧？”

答：“猪油有那么可怕吗？植物油就那么好吗？你有没有试过洗碗呢？”

问：“没有。”

答：“你洗过就知道了，猪油一洗，碗碟一下子干净，用植物油的，洗个老半天还是油腻。”

问：“猪油有那么好？”

答："有些菜，不用猪油就完蛋了，像上海的菜饭、宁波的汤圆、潮州人的芋泥，把猪油拿走，还剩下什么？"

问："过多了还是不行。"

答："这句话我赞成，但少了也不一定健康，我们不是天天猛吞大肥肉，偶尔来一客红烧蹄髈，是多么令人身心愉快的事呀！"

问："不下那么多油可不可以？"

答："有些菜不可以，像过桥米线、生鱼生肉，全靠上面那层油来闷住，才能煮熟。当今的只下那么一点点，不吃出一肚子虫来才怪。"

问："健康饮食，从什么时候，在哪里开始流行？"

答："九十年代吧，是美国的加州人始创的，他们把太油太腻的意大利菜，改成少油少盐，大家拼命吃生菜沙律，吃得变成兔子。"

问："但怎么那么快地影响全球？"

答："都怕胖嘛，尤其是女人，有些干脆吃起斋来，而且强调全部有机的，什么是有机，到现在很多人还是搞不清楚。"

问："有机菜比较有味道呀。"

答："我吃不出，你吃得出吗？"

问："……"

答："就算是吃菜，吃得淡出鸟来的时候，就拼命加油加酱了。香港的斋菜，油下得也多得厉害，那些不容易洗得干净的植物油汇在胃中，后果怎么样，你自己想想。"

问："那么接下来流行的慢食呢？"

答："快食慢食，对于所谓的健康，并没有明显的区别，大家的习惯而已。问题是好不好吃，美式的快餐，不好吃，就不吃了，但也不至于弄成慢食，就好吃。”

问：“那么慢煮呢？”

答：“我一听到厨师走出来解释，说这块肉用多少度的低温，煮了多少个小时，心中就发毛。新鲜食材新鲜煮新鲜吃，才算新鲜，给他那么一弄，有什么新鲜可言？况且，包在塑料袋内来煮，袋里的化学品分解出毛病的机会大，虽然当今还没有科学验证，也可以想象不是一件好事。”

问：“那你自己是怎么保持健康的？”

答：“从来不用‘保持’这个两字，想吃什么吃什么，油腻的东西吃多了，就喝浓普洱来解。我也不一定是大鱼大肉，在家吃些清粥，送块腐乳，也是一餐。”

问：“那体重呢？你的体重是多少？”

答：“七十五公斤，在这二十几年来一直不变。”

问：“怎能不变，容易吗？”

答：“容易，一上磅，发现重了，裤头紧了，就少吃一餐，或者干脆断食一两顿饭，就轻了下来。”

问：“那么我们女人要好好学习了，可是，怎么忍呢，忍不住呀！”

答：“忍不住，就不能怪人。一切都是自作自受。”

问：“所以我们要吃健康餐呀！”

答：“健康不是吃健康餐就行的。”

问：“那么你教教我们怎么做。”

答：“健康分两种，精神上的和肉体上的。我不知道说过多少遍，倪兄也主张：不吃这个怕吃那个，精神上就不健康了。精神不健康，什么毛病都跑出来，轻的变成精神衰弱，重的会得癌症。精神健康影响肉体健康，这不怕吃，那不怕吃，身心愉快，就会产生一种激素，化解食物不均匀的结果。人一快乐，身体就健康，这是必然的。”

问：“就那么简单？”

答：“就那么简单。”

# 拔牙乐

倪兄的教导："精神上的痛苦可以避免的，不想它就是；不像肉体上的痛苦，避免不了，人家斩你一刀，你一定感觉到痛。"

听完改变人生态度，尽量对人对事看得开一点，做人开朗豁达。但是肉体上的痛苦拿它一点办法也没有，而最痛的，莫过于拔牙。

麻醉过后感觉不到，但是之前的打针过程必经过不可，我最恐惧的就是这件事。

无情的粗针深深插入牙肉，拔出来，再在上颚的骨头上补几针。中间麻醉药由针筒喷出，滴在你的舌头上，比黄疸水更苦。我不是怕拔牙，我真的怕打针。

近来又有颗牙齿摇动，吃东西时一碰就很痛。一直拖，但已忍无可忍。

自从邂逅黎医生，用喷盐水洗牙，比从前洗牙舒服得多。对他有信心，两三个月洗一次，见面多了，变成好友。

"可以让你闻笑气。"他说。

笑气？我还以为只存在于胡闹片或卡通，看了几十年牙齿，从来没试过。

"很贵，要向氧气公司租气筒，用不用是你的事，每个月照缴费。"他解释。

牙肉有点发炎，先吃两颗抗生素和两颗必理痛，再喷上小筒的麻醉药。黎医生用一个透明的塑料罩子盖我的鼻，叫我深呼吸。

恐怖的牙医变成那么驯服，实在滑稽，我的一声笑出，忽然全身松弛，舒服无比。我想抽鸦片也不过如此吧，又笑了。

什么时候打了针、拔了牙？我真的不知道。又神奇又好笑。

走了出来，外边等待的病人用不可思议的眼光看我：怎可能把呻吟变成笑声？

麻醉药消失后也一定痛吧？想起倪兄把必理痛当花生吃的劝告，未痛之前先吞几颗，果然克服。人生的恐惧，又少了一件，一乐也。

# 人生友人

一颗吸血僵尸般的虎牙，开始摇动，知道是我们离别的时候到了。

虽然万般可惜，但忍受不了每天吃东西时的痛楚，决定找老朋友黎湛培医生拔除。近来我常到尖沙咀堪富利士道的恒生银行附近走动，看到我的人以为是去找东西吃，不知道我造访的是牙医。

牙齿不断地洗。又抽烟又喝浓得像墨汁的普洱，不黑才怪。黎医生用的是一管喷射器，像以水喉洗车子一样，一下子就洗得干干净净，不消三分钟。如果一洗一小时，那么加起来浪费的时间就太多。

今天要久一点了，拔牙嘛。

做人，最恐怖和痛苦的，莫过于拔牙。前一阵子还在报纸上看到一张图片，有个女的赤脚大夫，用一支修理房屋的铁钳替人拔牙，想起了发几晚的噩梦。

老朋友了，什么都可以商量。我向黎医生说："先涂一点麻醉膏在打针的地方，行不行？"

"知道了，知道了。"黎医生笑着说。

过几分钟，好像有点效了，用舌头去顶一顶，没什么感觉。

还是不放心，再问：“拔牙之前，你会给我开一开笑气的？”

“知道了，知道了。”

这种笑气，小时候看三傻短片时经常出现。向当今的年轻人提起，他们还不知道有这种东西。不过现在的牙医不太肯用，怕诊所内空气不流通的话，自己先给笑死。

一个口罩压在我鼻子上，听到嘶嘶的声音，接着便是一阵舒服无比的感觉，像在太空漫游，我开始微笑。

“拔掉了。”黎医生宣布。

什么？看到了那颗虎牙，才相信。前后不到十分钟，打针和拔牙的过程像在记忆中删除。这个故事教训我们，人生之中，一定要交几个朋友，一个和尚或神父，还要一个好牙医，精神和肉体的痛苦，都能消除。

# 命

咳个不停，找吴维昌医生看，他说顺便照一照心脏吧。

我的血压一向没有问题，但循例检查也好，订了养和医院。

登记后，走进一室，医生替我插一根管进手背上，以备注进些放射性的液体，方便查看X光片。不是很痛，忍受得了。

接着就是躺在床上，一个巨大的机器不断地在我四周转动拍摄。上一次检查是四年前，一个大铁筒，整个人送进去，声音大作，轰轰隆隆拍个不停。当今这一副没有声音，医生还开了电视，播放美景和禅味音乐。

愈看愈想睡，给医生叫醒："睡了就会动。"

真奇怪，睡觉怎么动呢？也只有乖乖听话，拼命睁开眼睛。

好歹二十分钟过了，心脏图照完，再到跑步房。

护士认得我，说四年前也做过这种检查，和八袋弟子一齐做的，我还能跑，他就跑不动了。所谓跑，只是慢步而已，最初慢后来加快。身上贴满了电线，心速显示在仪器里。

"你平时做不做运动的？"医生问。

我气喘回答："守着人生七字真言。"

"什么真言？"

"抽烟喝酒不运动。"我说。

医生和护士笑了出来，他们都很亲切，没有恐怖感，大家像在吃饭时开开玩笑。跑完步，又再照一次，两回比较，才能看出心脏有没有毛病，报告会送到吴医生那里去。

人老了，像机器一样要修，这是老生常谈，道理我也懂得。

问题在有没有好好地用它。仔细照顾，一定娇生惯养，毛病更多；像跑车一般驾驶，又太容易残旧。但两者给我选择，还是选后面的，平稳的人生，一定闷。我受不了闷，是个性，个性是天生的，阻止也没有用，愈早投降愈好。到最后，还是命。

# 我的针灸经验

虽说针灸，其实只是针，灸我没有经验，有被烫伤的感觉，至今还是不敢试，但“针灸”二字念来较顺口，就连用起来。

第一次被人针灸，是因为患了五十肩。有位打麻将的朋友见我痛苦，就叫我给他试试，我反正翌日就要到医院，给西医从骨头与骨头之间注射类固醇，据说那管针像打牛的那么粗大，也就死马当活马医，给他针了一针。果然，当晚睡得像婴儿，从此对针灸有了信心。

为答谢这位友人，我替他开了一间诊所，又免费宣传，结果有很多病人找上门。我也以为今后有什么痛楚找他就是，安心起来。

正在得意时，接电话，说他脑溢血入院，赶去看他时，已不治，我的靠山消失了。

原来五十肩是会复发的，之后数次的肩周炎痛苦，找了几位针灸医生，都医不了，非常懊恼。得到的结论是，并非针灸不灵，而是没有遇到好医师！

一次在日本旅行，肩膀又是痛得死去活来，跑去问大堂经理有没有针灸医生介绍，酒店给了我一个电话和地址，赶快乘的士前往。

医师又矮又瘦，但一副令人有信心的表情，我请他治疗。此君的医术是不留针，所谓不留针，就是扎了一针即刻拔去，再扎第二针。用的针很细，不痛，结果，那晚上也是睡得像BB。

为什么中国的针灸师要留针呢？看《大长今》，也是不留的呀。我比较相信不留针的医法，一留了，即刻心想，如果医师忘记了拔一两支，穿上衣服时岂不痛死，而且万一断了的针留在体内，麻烦更多。

留针的，有些还给你通上电流来刺激穴位，说比较有效，我对这种说法也很怀疑，古代针灸师哪知道什么是电呢？

还是那么一句话，针灸是有效的，看有没有高手罢了。听金庸先生说，小时候看到一位，治疗时病人不必除去衣服，隔着也能对准穴位针，可真是了不起，当今何处觅？

但即使有良医，针灸也只能针对某些神经反射性的病症，像心脏病等，还是找西医照X光或磁力共振和搭桥通血管比较妥当吧。别的不知，治五十肩之类，针灸一定比西医高明。

西医也开始研究针灸，他们记不得那些玄虚名词，把人体穴位排成一二三四的号码，结果也治好了很多外国人的五十肩。针灸流行起来。

针灸的原理，应该是截停痛楚的神经信号，让大脑感觉不到，因此五十肩的痛苦可以减少。那么戒烟也应该有效吧？近来咳个不停，睡眠质量很坏，问好友医生，他们都笑着说："不抽烟就好，抽了什么药都没有用。"

刚好看到报上有慈善团体，做戒烟的疗程，而且是免费的，即刻报名。

第一次治疗是在身上扎了好多针，通电，最后在耳朵再扎。针刺下去，有时痛有时不痛，通电后的感觉，也不好受。医师们有些共同语言，就是永不说痛，时常会问：“麻不麻？痹不痹？”

说什么，也不提到“痛”字。

身体穴位，也许和戒烟有关，但读了很多这方面的书，发现真正有效的穴位，还是在耳朵。年纪一大，正好欺负年轻的医师，我说身体不扎了，扎耳朵吧！

用的是一种日本生产的短针，连在一块圆形的胶布上，大头针那么大，在耳朵的穴位一扎再扎，一次就扎八九针，双耳并行。

疗程一共六次，到了第六次，还没有什么效果。年轻的医师并不懊恼，还问我说要不要试西医的尼古丁贴布治疗法，可以推荐。这一问，我又有了信心，到底对方是为我好的。

归途，又想抽烟，吸了一口，味道并不好，我知道已开始生效。回家即刻再申请多一个疗程，继续去扎针，果然，吸烟的次数是减少了，能不能达到完全戒烟的地步，我还不知道，但耐心去治。

五十肩第四次发作，问年轻医师有没有专治肩周炎的针灸师，介绍了一位，报了名，前往。

又是一个新经验，这一位针的不在肩上，而是肚子。在腹部画一个像乌龟的图案，按照穴位针下去，咦，真出奇，当晚又是睡得安稳，有点功效。

之前，我又试过用粗针来刺，不，不是针，简直是一把小刀，称为小叶刀。那位医师用这门手法左扎右扎，痛得我死去活来，结果无效。又有一位神医，说两针搞掂，也搞不掂。

试过了针肚皮，觉得此法甚妙，针时不会感觉痛，是因为肚子肥肉厚。

看样子，得继续给这位新的画乌龟去针了。治戒烟的年轻医师说，不只五十肩，减肥也有效，听了有点相信。那是把食欲的神经干扰，应该信得过。我这数十年来，有人觉得我胖，有人觉得我瘦，但我自己知道，一直保持在七十五公斤，不必去减肥。

团友之中，有很多一个月花十万八万去减肥，可以介绍她们去针灸，至少，不必再忍受节食和做运动的痛苦，已经值得，哈哈。

# 不药而愈

喉咙开始肿痛，又连续打了好几个喷嚏，已感到伤风感冒预兆。

本来，即刻吃一颗强力的伤风药便能克制。但是大意了，轻视这次的病症，只服了普通药丸，到了翌日，已发不出声音，全身肌肉酸痛，鼻子擦了又擦，擦破了皮。

糟糕！我不能病，我没时间病。

这种情况下，也试过马上求医，西医多是开几天的药丸，有一粒治伤风，一粒治感冒，一粒化痰。一汤匙止咳的药水，倒是很甜美，恨不得整瓶干掉。

“不如打一针吧！”病人哀求，“打一针会快点好！”

医生做了一个勉为其难的表情，像救世主一样刺了你一针，你还要谢天谢地，天下哪有这么奇怪的事！

不替你打针，是因为打也一样，不打也一样，伤风感冒只能以休息医治，什么药都没有用。英国那种阴沉沉的天气之下，医生看到你来治伤风，会把你赶出去，说别浪费他的时间。

不如找中医吧！装出长者表情，年纪其实不大，那么年轻，记得那么多药吗？既来之则安之，怎么怀疑医者之资格？中医摇头摆首，慢吞吞地开处方；草药的功能，也是慢吞吞的。当今，不即刻见效，是不能被容忍的了。

西药我会吃必理痛的伤风感冒丸，这个牌子的头痛丸很可靠，伤风药也应该做得好吧？但各人有各种不同的反应，对于我，起不了作用。

一向酗酒，茶又喝得浓似墨汁，烟不断，指天椒当花生吃，猪油不怕。我这种人，能对付我的伤风药只剩下美国Vicks厂出品的药：日间服Day Quil，红颜色，一次两大粒；夜间服Ny Quil，绿颜色，也是两大粒，我叫它为深水炸弹，美国大汉也一服即睡，昏死过去。我现在也处于这个迷幻状态，但也得起身继续写稿。

睡了又醒，醒了又睡，稿不能断，对着空白的稿纸，脑子也一片空白，还是回床躺下。

再睡一个小时吧，转了闹钟。电器的刺耳声响，半夜三点。转到四点，四点起身也来得及。又响，再睡。又响，已是六点，窗外开始变白，不能睡了。

照照镜子，那颗喉核肿得樱桃那么可爱。

仔细刮光胡子，约了客，得去开会，不能给人看到病态。

尽管没有胃口，也得猛吞食物，才有力量，这是最基本的方法。

但是，前两天才拔了大牙，口腔发肿，吃粥也觉得硬，对付不了病菌。

写了几个字，停下，干脆去看电视。咦，这部电影怎么错过了？一看不能罢休，大厅没开暖气，又打喷嚏。

寒上加寒，又去吞深水炸弹。

趁药性还没发作之前，再写一张稿纸，不然开天窗了。

一开始，这个毛病从哪里得来？回想一下，去了韩国，气温零下九度，没事呀！

回到香港好好的，怎会伤风？

大家都说小病是福，感冒是身体叫你休息。我才不稀罕这种运气。书至此，又有睡意。

一小时后，闹钟又响。

伤风感冒，又算什么？一直没好，是不是患了禽流感？但比起沙士，还是温和。

起身，披上大衣，散步到九龙城街市，遇相熟的小贩，互打招呼，见新鲜蔬菜水果，开心得发笑。一切病痛，不药而愈。

回家，这篇杂乱无章的东西，也写成了。

# 倒吊鸭母口水

要是患什么奇难杂症，我一定跑到九龙城去听父老们的意见，看看他们有什么妙方。像上次患五十肩，就是给针灸名人陈道恩医师一针而治的，奇妙得很。昨日吃鱼，插了一条鱼骨在喉咙的左边，一吃东西即感痛楚。

“吞一团饭下去，最有效。”茗香的四哥陈展兄说，“或者喝醋，醋能软骨，所以吃鱼翅时一定要配醋，就是这个道理。”

“都试过了。”我说，“不行。”

“还有一个办法，那就是找术士画一张符，人念咒，骨头即消。”他又说。

“好呀，试试看！”我大喜，“但是去哪找这个人？”

四哥摸摸头，原来他只知道道理，但是不晓得术士在什么地方。

这一会儿，隔壁“荣丰冻肉”的杨先生来店喝茶，他一听到，就说只有倒吊鸭母的口水，才能医治这一类的顽症。

“倒吊鸭母口水？”我禁不住呼叫出来。

杨先生娓娓道来：“从前凤阳有乞丐来到潮州，他们除了讨饭吃，也都怀有一些绝技，知道当地有个小孩给鱼骨鲠了，便向鸭铺去借一只鸭母来，挤它的口水。卖鸭的当然不肯，说鸭子弄死了怎么办，孩子的父母赶紧把钱放下，买下来送给乞丐。乞丐把一团姜葱塞进鸭子的喉咙，抓起它的双脚倒吊，把流出的口水让小孩喝了，鱼骨即刻溶化，全家人大喜。”

真想试试看，但是想到那口水首先恶心。

杨先生继续说：“虽然是土方，但现在想起来还有点科学根据。鸭子杂食，田螺壳照吞，但是鸭粪中不见螺壳，所以鸭子的消化系统中有化解硬物的液体，由此证实。”

真有点道理。

# 冬虫夏草

一直搞不清楚“冬虫夏草”是什么东西。

查《本草纲目拾遗》，曰：“虫草出四川江油市化林坪，夏为草，冬为虫……羌俗采为上药”云云。读后没有得到要领。

其他医药书说：“上年夏，秋孢子侵入蛾体，致其僵死，次年五月自僵死寄主蝠蛾的头部生出子座，单生，细长如棍棒球状……头部稍膨大，呈纺锤形或棱形，与柄部近等长；表面深棕色，断面白色；子囊壳近表面生，椭圆形至卵形，子囊细长；孢子二，有许多横隔，不断裂。”

看完，也一头雾水。

总之，自己不是中医，认识了也没用，就不求甚解，糊里糊涂地相信它对身体好就是了。不然怎么卖得那么贵？当今已经有人炒货，好的一两可卖到八千多块，最便宜的次等货也要一千多，比燕窝还要贵几倍出来。

家里存了一些，放进冰箱里。怕坏，怕发霉，怕好好的东西，就那么白白浪费。

这一放也不知道摆了多少年，偶尔抓一把去煲肉骨茶，汤喝精光后还把冬虫夏草捞出来细嚼，以为这一来才有效用，但也不觉身体好到哪里去。

日前和查先生吃饭，查太拿了一根小茶匙舀出粉状东西给查先生吃，说是把冬虫夏草磨成粉，每天一匙，吃了对身体有益。看查先生，果然红光满面，就动起了吃冬虫夏草粉的念头。

刚好这一阵子肩头酸痛，以为五十肩又复发了，上一回替我针灸治好的陈道恩医师，已逝世，找不到人来医，怎么办？

友人介绍，在石塘咀的“北京同仁堂”医馆中有一位郭大夫，精于针灸，就去找他。观察一轮，发现不是五十肩，是肩膀上一块三角肌发了炎，郭大夫很自信地说：“一共三次，一定给你治好。”

我就是喜欢这样不含糊的医师，很乐意受他医疗。

第一次，郭大夫用细小的梅花针替我对准穴位刺了下去。针灸后还拔罐，这是我第一次试拔罐，最初有点怕，但发现没想象那么痛，也忍了下来。

不是很有效，但我相信郭大夫，继续给他针第二次。这回他下重针，痛楚加痛楚，平衡了。

第三次用更粗的针，感觉上，好像已痊愈。

真不知道怎么感谢郭大夫。和他聊天时，听说他来自北京，南方东西吃不惯，要我和烧菜的师傅研究一下。我跑进厨房，要师傅多加油，多加盐，多加大蒜，做出来的东西吃得郭大夫胃口大开。

去了那么几次，和店里的职员都混得熟了，我又问东问西。药店大堂陈设了许多中药，我都有兴趣认识，店里的人也很乐意教我。

冬虫夏草分三个等级，最普通的一千多一两，中等的二千一，最高级的二千八。

家里还有一些，可不可以替我磨粉？店员们说尽管拿来好了。

把冰箱中那几包交给同仁堂的同事，他们一看，拿了铁钳来。好家伙，用铁钳干什么？原来他们把冬虫夏草芯中那管小竹签拔了出来。

“为什么要镶竹子？”我问。

“有些虫草断了，拿竹签串起来，样子才好看，但竹子很硬，磨不烂，一定得拔掉。”他们解释。

“怎么那么没良心？”我怪那些商人。

“算好的了。”店员说，“有些用铁线串起增加重量，更恐怖。”

店员们细心地将冬虫夏草的萼部也除去，再拿去洗，洗完用大张的草纸吸干水分，发现沉淀在盆底的还有很多泥沙，要是就那么磨的话，就要吃泥了。

把虫草放进微波炉中烘得完全没有水分，就装入打磨机打碎。完成之后用筛子筛出幼细的粉末，剩下的再放进烘干机，又再磨，又再筛。如此类推，反复做了三四次，才大功告成。最后的细片已不能再磨，店员替我装进一个小布袋，配上一些杞子、百合和淮山，说放些瘦肉，就可以连布袋去滚汤，一点一滴，都用上了。

“到底是虫还是草呢？”我打破砂锅问到底。

“小虫被真菌寄生，长成大虫时死掉，僵化了，和真菌融合在一起。”他们解释得再清楚也没有了，但是我还是摸不着头脑。

“对身体有益吗？”我像白痴那么问。

他们说了一大堆疗效，我听不进去，但是那么细心替我磨出来的东西，就算是发泡胶，我也会觉得有效的。

有一点倒是很有趣，那就是当烘干打磨后，把盖子打开时，传来一阵肉香，好像在烤猪肉干。

我已然一百巴仙地相信，冬虫夏草，里面一定有虫，不完全是草，草烤不出那种味道来。

每天吃一匙，身体强壮得多，现在赶稿写到天亮，也不觉得累，已经证实。

## 快乐药丸

从前，在街上卖膏药；当今，在电视、报纸、杂志上推销。药不吹嘘，无人光顾。

在外国管治得很严，没真正效用的，乱宣传一番，会被告将官去；香港的药物条例，是一些所谓的健康补品，不受拘束。

这一来可好，种种的减肥药即刻出现，那当成补助的，大吹大擂。要减肥，吞几粒药丸就达到目的？广东人说："边度有咁大只蛤乸随街跳？"那么便宜？三岁小孩也不相信，如果真正有效，已得诺贝尔医学奖。

更好笑的是丰胸丸，吞了几颗，二十八吋胸围变三十八？哈哈哈哈。

有一阵子，说鱼的油最好，含有什么Omega-3。也不见即刻见效，没有结果。不过各种鲨鱼油丸出现了。但是又有人说，鱼油没用，鱼骨才是真正能治病的，大家又去吃鱼骨丸了。

忽然，灵芝像是仙药，众人纷纷吃灵芝丸。但是，也有人说灵芝不灵，云芝才灵，又去抢购云芝。但是，据研究，灵芝云芝，只是菌类而已，和冬菇草菇没什么分别，精华在其胞胎破壁后的分子，又不买灵芝云芝了。

最后，有人说，要是你本身体内的毒素不清除的话，吃什么药丸都无效，结果发明的又是一颗丸，叫清毒丸。

我们的药丸，愈吃愈多。减高血压的、治糖尿病的、医前列腺的、补肝补肾的、防癌的、抗衰老的，一吞数十粒，有的药个子很大，肥肥肿肿的，不必吃饭，药已饱肚。

自己吃了，就逼儿女吃。小时候给父母捉灌那又腥又臭的鱼肝油，还有一种叫散纳吐精的补脑粉，臭虫味，记忆犹新。

还没有减肥丸、灵芝丸之前，已经有维他命，当年父母给我们吃维他命ABCDE丸，也不知道什么打什么。最后，我们要求维他命M，代表了零用钱，功效最清楚，有了即刻的快乐。

## 散纳吐精

小时候，父母都逼我们吃一种补脑的药品，名为“散纳吐精”（Sanatogen）。

一大汤匙黄颜色的粉吞下，味道可真难闻，有点像排泄，虽然我们都不知道排泄是怎么一个味道，总之最难闻的，都叫为排泄。吃了进去，即刻想吐，看瓶子的招牌写吐精，当年还没有长出来，不知精是怎么一回事儿，想吐就是，管它什么精。

说明书上，也无壮脑的句子，说是多种维他命罢了，不知中国人怎么会把脑子和它拉上关系，一传十十传百，所有的家长都迷恋这个产品，反正自己不用服，难不难吃无所谓。看它的成分说明，只是些碳水化合物、脂肪和蛋白质，有一项提及精力，究竟是什么精力，也不加注解，总之有劲就是，会增加体力，尤其在生病和受伤之后，又说对婴儿和刚生育完的母亲有帮助。说明中也提到它有高成分的“酪蛋白”，也叫为“干酪素”，大概是奶酪提炼出来的东西。那么，为什么不干脆吃奶酪？为了想知道多一点关于“散纳吐精”的资料，试试上网找。www.sanatogen.ie的网站中只解释维他命的作用，可能这家厂已转型，变成卖其他成药了。

去药房找，店的年轻伙计瞪大了眼望我，像看到一个疯子。

“吐什么精？”他问。

店走出一个老头，可能是他爸爸，向他喊道：“补脑粉嘛！”

“唔，你要吃补脑粉，何必一定买这牌子的东西，我们店其他产品多得是，介绍你几种别的。”他说。

我摇头，算了。走出店外，小时吃了那么多，是白白浪费了，至今头脑还是不好，但那股味犹在口中。吃的，只是份盲目的爱。

# 解药

解药听起来，像是武侠小说才出现。茶喝多了，尤其是未经发酵的绿茶，像龙井等，就会醉人。半发酵的铁观音也好不到哪儿去，空肚子喝，不习惯的人总出毛病。茶醉起来比醉酒更难受，头晕眼花，冷汗直飙，整个胃像放在洗衣板上揉擦，又搓在一起，挤出一滴滴黄色的胆汁。茶的解药，就是喝更多的茶，你想不到吧？品种不能乱服，只限老水仙，像大红袍等岩茶最佳。

另一种解茶醉的秘方就是糖了，把一方块冰糖放进口中咬，最有效。西人喝完茶总送点甜品，是有道理的。泻肚子也靠糖，不过是葡萄糖。西药的小小颗止泻药很有效，中药的济众水、日本药的喇叭正露丸都不错。但是止了泻，食物中的毒素留在肠胃，还是发出一阵阵的绞痛，让它拉个干净较佳。这时整个人虚脱，就要靠葡萄糖来补充了，喝一口很浓的葡萄糖水人就舒服起来，再也不必去洗手间，百试百灵。

药房中卖很多解酒的药，广告上也有扮皇帝的演员推销，试过的人说很有效，但严重的宿醉，这些成药救得了吗？醉得多了，自己有一套解酒方法，那就是在中药店买五块钱的椇枳子，煲个二十分钟，服了即解。椇枳子很厉害，草药书籍上也有记载，说造酒之家要是种了这种树，叶子掉入酒瓮，酒即刻败坏。

最原始的解酒药，就是睡它三天。至于感情上的解药又如何？男朋友离你而去，唯一解药，只有找个新的。没有比这个秘方更快更有效的了。文人说钱不重要，在当今社会已是迂腐。钱是必要的，解药是不把钱当为上司或老板，把钱看为菲律宾家政助理，最有效。

# 什么什么油

小时乘巴士，没有冷气，下起雨来闭窗，闷死。又有人搽起万金油或白花油来，那股浓味实在难闻，因此引发惧畏症。

基本上我怕的是薄荷，这些什么什么油都加了薄荷。有没有效我不加研究，薄荷涂了上去发热，过后变凉，而且有点麻痹。这种感觉是即刻有效果的，给人一个能治病的印象。

头一晕，用什么什么油搽了就好。晕船晕车都管用，牙痛喉咙痛即痊愈，伤风感冒亦可驱逐，简直是神仙膏上帝水嘛，哪有这么厉害的道理？

还说能够延长性爱的时间。记得有个中学同学初次召妓，怕一下子出来蚀底，涂了大量万金油，结果还不是照样早漏？那话儿，肿了三天不消。

我一闻到万金油白花油，掩鼻就走，对它们的憎恨，只有增加不减少。

随年龄，有许多习惯都更改，像从前只穿蓝与黑，当今已有褐色衣服，像从前不喜欢西餐，现在也能吃吃，但就是对万金油白花油的厌恶不变。

这种东西，联想起来，与年老有关，偏偏有些年轻人也染上此癖，涂个不停。

日前读杂志，有个新进女歌手也好此物。看了毛骨悚然，如果半夜起身，旁边睡了个万金油白花油女郎，我一定把她踢下去。

恐怖的是有些人不止涂，还喝。

有个朋友肚子痛，用杯滚水，加几滴白花油，说能治好。上帝原谅，他不知道他自己做些什么。

至于尊敬的长辈涂万金油白花油，我很例外地接受了。

这时，好像从薄荷之中嗅到了薰衣草。不不，是玫瑰吧？又不像，似白兰和姜花多一点。什么什么油，变成香的。

# 气功

遇见几个老朋友，话题一转谈到气功，竟然大家都练过，滔滔不绝地发表他们学习的过程和它的功效。

某某人患胃病，学了气功后治好。同学太太的失眠症，不用服药而痊愈。我听得入神，心里跃跃欲试。

听说最容易上手的是“自发五禽戏动功”这一门。我以前也看到一位仁兄示范，有点像东方催眠术。什么奇难杂症都被医好，一定是有道理的，我想。

我也相信的确有气功这回事，并且知道有一天必然去练。不如现在就开始吧，正这么想的时候——“嗨，我的师父在北京一动气，上海的师兄身体马上感应摇动！”朋友这么一说，又把我的信心抛到九霄云外。

最怕的是这些过分夸大的荒谬的理论，我根本不能接受。消除疲劳、治病、令人平静，是我认为有可能的事，但是忽然间说练到一个阶段，灵魂就可脱离躯壳神游，到底目前听来还是天方夜谭。

姑且信其有吧，我向自己说。以前的一位顾主也告诉我说，手当中发出一股气，用手掌挡之，便觉得像冷气机喷出的气流，离开远远也能感到，我也相信了。

“那练气功要什么条件？”我问。

“有三，”他回答，“第一，要戒烟三个月！”

“行！”我点头。

“第二，要戒酒三个月！”他强调。

这有点难于接受，不过，为了要乘鹤神游，有何不可牺牲，便坚决地再次大喊：“行！”

“最后，要三个月不近女色！”他说。

“算了，算了！”我摇摇头。所以到现在不能过三关，手掌也喷不出气来。

契兄黄汉民说：“我练气功已久，一直没有成绩。一天，忽然感到手掌一麻，知道气已经来了，这股气一直向上伸，麻麻痒痒地爬到肩膀上，停下来。我怕再也找不回这股气，便用手去按，一看，原来是一只蚂蚁！”

# 反运动

运动，本来是件好事。不必花钱，在公园做做体操，或街头散步，随心所欲。但是基本的东西往往遭受商业社会破坏，运动已经贵族化了。

你看你身上穿的名牌运动衫，一件多少钱？还有那双像给唐老鸭女友穿的大鞋子，什么空气垫，一双上千，连绑在额上的头箍，都要几百。加起来，是一副身家。

本来免费的运动，一进室内就要收钱。参加健美会，先付一笔钱，分十次用，去了一两次，觉得辛苦，结果不了了之。

室内健身室开在某某大厦的二楼，一大排玻璃橱窗，说是让参加者看外面，其实是要人来看。她们多数是身胖如猪，脸也同形的女人，还自以为是香港小姐，看了呕吐都来不及。

目前已没有真正的明星，像占士·甸和玛丽莲·梦露的时代已过，代之的是歌星和运动健将。只要在体坛上一出名，钱财即刻滚滚而来。他们的经理人要钱要得愈来愈多，结果运动明星都成了怪物。

足球场篮球场的建筑，比小学大学还重要，美国的许多都市的运动场，用不到二十五年即拆掉，花大笔钱去建新的，排污系统却是愈用愈旧。

当今的体育已经成为另一类的邪教，信徒盲目崇拜。孩子们不用读书了，家长鼓励他们搞运动。

我从小讨厌运动，常因体育课不及格而要留级、要换学校。

我一向认为身体健康很重要，但是思想健康更不能缺少，沉迷体育，就像沉迷在毒品之中。

还是快快乐乐，想做什么就做什么好。不必勉强自己，守人生七字真言错不了，那就是：“抽烟喝酒不运动。”

# 会

“原来你们会看月色，又能预测天气，真是了不起！”知识分子到了田中，感叹农夫们的本事。

农夫耸耸肩：“没什么了不起的呀。”

所谓学问，学学问问，就学会了嘛。最怕你不愿去学，不肯去问。

学了问了，就变成知识分子。但是知识分子最大的毛病，莫过于以为自己了不起，学会一样东西，听到一个事件，马上就炫耀出来，大声疾呼：我会这，我会那。

真正学会的人，却像农夫一样不出声，耸耸肩：没有什么了不起。

像画画，从素描开始，不停苦练，学会了写实之后，再进入写意，最后完全地抛掉，画出儿童画一样天真的作品。

像写字，从临碑帖开始，勤摹名家，最后创出自己的字体，却要有很深的基础才行。

不单是艺术，做买卖也一样，善于经营的人，都不自诩：我会做生意！

这等于律师说：我懂得法律！律师不懂法律，做什么律师？

凡是自吹自擂的人，一定自信心不强。最低能的，莫过于有些医生说：我医好某某人。听到这种话，最好别找他。

也很少听到知识分子说：我看了这本书，又看了那本书。只见他们发表文章，攻击这个人，批评那个人。懂得一点毛皮，即刻引用。

自以为是知识分子的人，包袱太大，是假的知识分子。如果要批评，只能说出一个观念的正确与否，专门对付一个人，是没有自信心的表现。

“原来你会写文章，真是了不起！”有人向我这么说。

我只是写，每天写，不知道会不会。

# 最

读者们最喜欢问我的问题，都和“最”字有关。

什么是“最”好吃的？什么是“最”好喝的？哪一家餐厅“最”便宜？你“最”喜欢哪一个作家？为什么“最”喜欢背这个和尚袋？

这个“最”字“最”难回答，因为我的爱好太多，尝过的美味也太杂，很不容易一二三地举出例子，而且对其他的“最”也很不公平。

什么是“最”呢？从比较开始。没有“最”便宜的，就没有“最”贵的了。通常以价钱来衡量，是“最”俗气的办法，是暴发户的标准罢了。一只辣椒不会贵到哪里去。但什么是“最”辣的辣椒呢？也没有标准，辣味不能用斤来衡量。“最”后，还是用比较了。

把普通的辣，像酿鲮鱼的辣椒定为〇级，一直加重，泰国指天椒不过是排行第六，“最”后的夏威拿灯笼椒，才是十。

“味道如何？”女记者问我。

不试过怎么知道？那种辣法根本不能用文字来形容。

我常回答她：“像须后水。”

“须后水？”她大叫，“须后水和辣椒扯得上什么关系？”

“不是须后水和辣椒有什么关系，是和你有没有试过有关系。你们根本没机会剃胡子，怎么知道哪一种须后水最好？”

从一个“最”字，也能看出对方的水平。像我“最”爱看《老夫子》，和我“最”爱看《红楼梦》，就有“最”大的差别。

“最”字和“渐”字一样，是渐进式的，渐渐地，你就知道什么是“最”好的。这是在不知不觉中得到的成果。

等到你能确定什么是“最”好，你已经是“最”老。

# 一刹那

每次回到办公室，总有一沓打印出来的电邮文件，我常用书写方法作答，再请同事在计算机上回复。其中有些问题甚有意思，可选出来让各位分享。

最常问的是酒的度数。大家都以为我是酒鬼，对于酒知识最丰富。其实我也一知半解，不知对不对，也不去考究，道听途说罢了。

到底瓶上写的度数是不是酒精的成分？绝对不是，英美人所称的proof，有人误解为就是酒精的百分比，其实两个proof才是一巴仙酒精，若是八十六proof，则有四十三巴仙是酒精，相当厉害。

酒精度英文写成alcohol contains或者alcohol volume，那么瓶上写的有多少巴仙，就是多少巴仙了。

啤酒中的“度”，不是指啤酒含有多少酒精，而是指每公升麦芽汁所含糖分，即甜度。

有位作家朋友问：“书上签名，多数是‘指正’‘校正’，或者‘留念’，有什么其他变化？”

答案是可用古人送字画的字眼，如“雅属”“清属”“雅玩”“清玩”“清赏”“斧正”“削正”。“哂正”和“粲正”

也不错，有“见笑了”的意思。我最喜欢的是“某某人一笑”，尤其签在笑话集中。

最有趣的问题，是有人问我在文章中常写的“一刹那”，到底有多久？“瞬间”“弹指”和“须臾”，又有多久？

梵典的《僧祇律》记载：“一刹那者为一念，二十念为一瞬，二十瞬为一弹指，二十弹指为一罗预，二十罗预为一须臾，一日一夜有三十须臾。”依此类推，一昼夜二十四小时有八万六千四百秒。一“须臾”就是二千八百八十秒。一“弹指”为七点二秒，一“瞬”为零点三六秒，最后的“一刹那”，最准确的计算，应该只有零点零一八秒，真是一刹那。

# 答复“私信”

新版微博增加了一项叫“私信”的栏目，我已再三地公布，私信只限于我的私人朋友，不是一般公开的，请网友们不要写“私信”给我，直接发到“蔡澜”，或“蔡澜知己会”，我就会看得到。但碍于这两个信箱要经过我的一群“护法”筛选过才转发给我，大多数网友认为“私信”才更直接，便不停地发来。

经“护法”们，是为了要截断一些莫名其妙的“脑残”，一上来就“他妈的”粗口一句，看了是不舒服的，到了我这个年纪，还天天给人问候娘亲，为什么呢？这只是没有办法中的办法呀！

说过算数，“私信”我一定不回，可是，其中有些问答有趣，不如录下：

问：“你脸上肤色从小就那么红润，请问小时有没有被人嘲笑过呢？我女儿十二岁，患先天性皮肤病，脸上经常泛红，走到外面被当笑话，日渐自卑，我该怎么教育孩子豁达面对呢？”

答：“要让孩子豁达，先得整天和他们开玩笑，懂得幽默，就高人一等，不必和一般人一样见识。要是有人问脸上为什么那么红，就回答说：‘我父母请我喝酒造成的。’”

问：“你文章中提到一种西班牙药膏对医治体臭很管用，请问是叫什么？”

答：“我回答过无数次，但有体臭的人越少越好，还是很乐意重复又重复地回答这个问题。名叫Byly，包有效。”

问：“我姓王，年五十才得子，请代取名字。”

答：“王五十。”

问：“我是家健康食品公司的老板，最近推出新产品，请你推荐一下。又，有什么名字最能吸引顾客呢？”

答：“叫‘不健康食品公司’，一定有很多人会注意的。”

问：“你虽然叫人不吃鱼翅，但我在一个节目中，看到‘镛记’的老板做了一道鱼翅菜，你又尝了，这是不是叫出尔反尔呢？”

答：“已故的甘健成老板做给我尝试的鱼翅，叫翅包翅，用的是古时候留下的鲨鱼，已有上百年了，我吃的不是鱼翅，是欣赏古董罢了。”

问：“《神雕侠侣》中的小龙女，为什么没有人问她的父母是谁呢？”

答：“《圣经》里的玛利亚，也没有人问她的父母是谁呀。”

问：“什么叫爱情？”

答：“还是问爱情小说专家亦舒吧。她写了四五百本书，都是说爱情。”

问：“我是一家餐厅的老板，比一般餐厅高级十倍，想叫你为餐厅名题字，要多少钱？”

答：“一般的五万块一个字，你是比一般餐厅高级十倍，就收五十万块一字吧。”

问：“我是粉丝代理人，你只要给二十块，就有一万粉丝，二百块就有十万粉丝。”

答：“你卖的粉丝好吃吗？”

问：“我伤害了一个男人，求他原谅，他回头了。第二次我又伤害他，第三次又伤害，你要是这个男人，你会原谅我吗？你会说什么？”

答：“你去死吧！”

问：“我很爱粤语中的懒音，歌唱时常把nim唱成zim， naah唱成laah，你爱听吗？我唱给你听！”

答：“你死懒去吧！”

问：“安倍晋三那么坏，为什么还有那么多人支持他？”

答：“他有一个宗教团体的政党做后盾，有很多宗教狂热者会投他一票。从前当过首相，但软弱无能而下台，当今重选上，就相反地走强硬路线，其实都是政客的手段。他是一个无耻之徒，真面目很快会被爱和平的老百姓拆穿。”

问：“我是餐厅老板，在《饮食男女》中请你写一篇食评要多少钱？”

答：“第一，我是在某周刊写食评，并不是在《饮食男女》写。第二，从不白吃白喝，一定自己付钱，你的东西只要做得好，我会免费宣传。听你这种口气，不是一个用心做菜的老板，餐厅迟早关门。”

问：“我是一个居港的十八岁青年，想当一个艺人，有什么途径？”

答：“练好六块腹肌，选亚洲先生去吧。”

问：“我喜欢吃东风螺，但又不能吃辣，还有什么做法？”

答：“盐焗。”

问：“港台《晨光第一线》的曾智华退休了。你还继续为他们在早上做节目吗？”

答：“换了何嘉丽主持，她是个老友，当然照做，不过时间换成上午九点十分了。”

问：“私信已给你很多次，为什么还是等不到回答？”

答：“我已再三讲不答私信的，你还一直问，可见你没有仔细看，我回答了也没有用的。”

# 交稿催人老

“你要几天前交稿？”时常有小朋友问我这个问题。

“没算过，到时到候，像鸡生蛋一样，就挤出来了。”我说。

“到底是几天呢？”小朋友不放过我。

“真是到现在还算不清楚。”我说，“最少是三两天吧。我现在的秘书小姐很好，常提醒我：明天至少要一篇。”

“提了就写得出吗？”

“写得出。”我说，“我们专业的写作人，已经不需要灵感。”

“那么不是很轻松吗？”

“一点也不轻松。”我说，“压力来自‘虽然写得出，但是写得好不好呢’，好不好，自己知道，骗不了自己的。”

“什么叫做好？”

“内容至少要有点东西，最低限度是信息性的，像介绍了一家新餐厅，为什么要介绍它，什么是出色的地方，把自己的观点写出来，要与众不同，才叫好看。至于最高境界，对于我来讲，是惹惹读者发笑，能做到这一点，我已经满足，我对自己的要求并不高。”我一口气说完。

“在《名采》这么多年，你有没有断过稿？”

“一次，”我说，“是传真失误。”

“每天写，没有压迫感吗？”

“有的。古人说：岁月催人老。我说：交稿催人老。很羡慕能因外游而断稿的作者。”

“那你写来干什么？又不是靠它吃饭。”

“交稿催人老，是当你交了稿，又知道自己写不好的时候。”我说，“要是你交得出，而又过得了自己那一关的话，那么写稿就变成了一种充实感。我常说要一天活得比一天更好，完全看这篇东西向读者交代不交代得了。这时候，交稿已经不是催人老。交稿，令自己更年轻了。”

# 万箭穿心

大家读到这篇文章，也许快乐，或者无趣，但对于作者，是心惊肉跳。

为什么已经登了出来？以为还存了多篇稿件，但一见报，已知无货，急得放下一切，赶快伏案埋首。

每天一篇的压力实在厉害，在外国除了漫画之外，都是一个星期一篇的专栏，从来没见过加倍付出血汗的。常向朋友解答如何减压，但是自己却不懂得消除交稿的烦恼。

“为什么不多写几篇，然后再一天一篇？压力就没那么重了。”朋友说。真是风凉话，叫他自己来写写，才知死。

当然可以把众琐碎事拿出来献宝，但究竟可读性不高呀。

“你需要多少时间才写成一篇？”友人问。如果我回答说半个钟，那绝不真实。

“需要二十四小时。”我回答。

“鬼才相信！”友人说。

所以非叫他亲自试过不可。写，坐了下来，动笔罢了，但是思考时间，是没有停过的。做梦也问自己明天要写什么。

我们一直在寻找题材，保持头脑清醒、感觉敏锐，见到任何事，都问：“够不够数据当成一篇文章？”

这是无时无刻不“蓄”，比把钱存进银行还难。想到一个重点，即刻藏入脑中，存得愈多，心境愈是平静。

一片空白时，便坐立不安，像莱纳斯失去了他的安全被单，随时随地昏倒。说，说，举起笔，又写了，管它的，好坏是另一回事，写了再说。

这么一来，有如老骨头煲汤，愈煲愈淡，目前就是这个现象。

多希望后浪推前浪，让一些新朋友来淘汰，但还是像张彻电影的主角，身穿多箭，还是站得直直地，不肯倒下。

## 视死如归

每写完一篇文章，杂志社排好字，就传送给苏美璐画插图，今天收到她的电邮：

> 读过你写的《关于死亡》，这真有趣，最近我常发白日梦（有点像你在发开妓院的白日梦），想经营一个场所，让大家可以好好死去，和平死去，平平静静地死去。
>
> 我一直希望可以帮助别人，让他们选择自己的死法。
>
> 至于我自己，最好是在早上，吃完了我喜欢的煎蛋和烤面包，到外面散散步，回家用钢琴弹几首巴哈音乐，坐在安乐椅上，喝杯茶和吃几块饼干，来些亲爱的朋友，用漂亮的安静的语气聊聊天，最后让我睡觉。我想他们会把我带到天堂，其他的，我才不管那么多。我就是想开那么一个让人安息的地方，我相信这种服务应该存在的。
>
> 我的先生说，他最好在他钓鳟鱼的湖畔死去。我认为死亡是一种你能盼望的目的，如果你有选择的话。

是的，为什么要怕死呢？

返家，是我们大家都期待的事。

今天，我已七十岁了。谈死亡，是恰当的时候。七十年代，看《二〇〇一年太空漫游》，一再问自己，到底有没有机会乘火箭到另一星球？或者到了那个时候，我还活不活在世上？我将会变成一个什么样子？

当今，离二〇〇一，已过了十年。太空旅行没法子实现的了；人，倒是活了下来。

样子嘛，照照镜子，还见得人，至少上电视做节目，也没人抱怨。留了胡子，是因为母亲的逝世，二〇一一年的二月二十八日三周年忌，就可剃掉，到时看来是否会更老，不知道。

目前生活并不算健康，还是那么大鱼大肉。酒倒是喝少了，遇到好的，还是照饮不误。

还是那么忙碌，飞来飞去，但不觉辛苦。稿件已减少许多，每星期在日报上只写四篇，周刊写的这篇“壹乐也”，另有一篇每星期一次的食评和一篇写世界上好酒店的，已占了不少空暇。也许下来只能再减一点，等到能够把名酒店都聚集成书后，就停写。

每天睡眠有六个小时，已足够，如果能休息上七个钟，那算饱满。迎接死亡时期来到，我要逐渐少睡，由六，减到五、四、三。

像弘一法师一样到寺庙圆寂，是做不到了。第一，我怕蚊子。第二，没有空调是受不了的。还是留在家吧，或者到一处美景，召集好友，像《老豆坚过美利坚》戏中的主角，一个个向亲友们拥抱告别，最后请一位有毒瘾的美女，带来吗啡，一支支注射进去，在飘飘欲仙之中归去。

上天堂或下地狱，我不相信有这回事，还是没有苏美璐那么幸福，不过和她一样，之后管它那么多干什么！

地点最好是在香港，如果有困难，还是去荷兰吧。那里思想开通，又有一位我深交的医生朋友，他每次来港，我都大肆宴客。荷兰人一向节俭，对东方人的招待大感恩惠，一直问有什么可以为我做的。吗啡对他来讲是易事，医院里一大堆，拿几管送我一点困难也没有。虽然安乐死在荷兰大行其道，但是这位医生受过一点挫折，那是当丁雄泉先生不省人事后，子女把事情归咎在他身上，闹到差点上法庭。问题是他肯不肯再牵涉到我的事件去。

这也好办，事先由律师在场，先签一张一切与他无关的证明，他就能安心替我做这件事了。

遗嘱早就拟妥，应做的事都安排好，简单得很。

我这生人没有子女，在这个阶段，我也没有后悔过。小时听中国人的所谓“不孝有三，无后为大”的笑话，在我父母生前已解决了。

当年我向老人家说：“姐姐两个儿子，哥哥一子一女，弟弟也是，有六个后人，不必再让我操劳吧？”他们听了也点头默许。

人活在世上，亲情最难交代，一有了顾虑是没完没了的，我能侥幸避过这关，应感谢上苍。人各有志，喜欢养儿弄孙的，我没异议，只要不发生在我身上就是。

没有遗憾吗？太多了，不可一一枚举，但想这些干什么？我一直主张人活得愈简单愈好，情感的处理也缩短，简单到像计算机原理的正负计算最妙。不只是身外物，身外感情，也是个高境界，我是能够享受到的。

很高兴在世上得到诸多的好友和老师，今人古人，都是教导我怎么走这段路的恩人。

最要感谢的是倪兄，我向他学习了什么叫看开，他是一位最反对世俗的高人。斩断不必要的情感，尽量做些自己最想做的事，都要归功于他。

但是我毕竟是一个凡人，所以头发愈来愈白，反观倪兄，满头乌丝，虽然他自嘲不用脑了，所以没有白发，但我知道，是想开了，所以没有白发，所以能够做到视死如归。

## 丰子恺漫画全集

大家都在谈论如何预防自杀，电台曾智华也打电话来问我意见。我说吃一顿好的，或去澳门一趟，知此生美好，就不会想到自杀了。

这当然是在唱反调，开玩笑而已。真正要防止自杀，先得读书。如果做一统计，那些自杀的人，多数没读多少书。

但，人生忧患认字始，书读多了，想得太多，也是死的原因之一。北欧的自杀者多数是知识分子，所以读书多也不是好办法。

唯一能够美化心身的，只有读丰子恺的画。老先生为古诗配上的意境，读了绝不会想到尽途去。《护生画集》更是令人感动，连蚂蚁也要放过，何况是自己的生命。

现在由京华出版社出版，全九卷，集丰子恺所有最佳作品，是一最佳礼物。第一卷收集了儿童相，第二卷学生相，第三、四卷社会相，第五卷《护生画集》，第六卷绘画诗歌，第七卷绘画小说、封面插图，第八卷彩色画卷，第九卷精品画集。完全收集在一个硬封套中，非常精美，各大书局均出售。

丰先生的漫画教育由观察自己的儿女开始，到他们受教育、经过战火的洗礼、进入了社会、受了佛教的熏陶、欣赏山水的美好，以及老去的宁静，小生命又重新开始。任何一个阶段都有自己的影子存在，一些会被他的美学感染，是一套非读不可的书。

苏美璐的小女儿生日，想不到要送她什么，我就寄上这九本书，我原来的那一套，是老友徐胜鹤给我的。现在的再由另一友人赠送，来来去去，总存一部。打开第一卷第一页，就有华君武的题字："赤子之心"。希望这颗心也让你拾回来，如果你肯去买一部回来翻翻。儿童，是不会想去自杀的。

# 笑看往生

香港剩女飙升，三个女人一个独身。

报纸上的大标题。

这我一点兴趣也没有，不嫁嘛，又不会死人。

会死人的，是接着报告的香港人口持续老化。六十五岁以上港人，将由二〇〇九年约十三个巴仙，增至二〇三九年的二十八个巴仙。四分之一以上的人口是老人。死亡人数按比例，会增加到每年八万零七百个。

那么多人离去，不关你事吗？那是迟早的问题，我们总得走。但是怎么一个走法？没有人敢去提起。中国人，对死的禁忌，是根深蒂固的。

避得些什么呢？反正要来，总得准备一下吧，尤其是我们这群被青年人认为是七老八十的，虽然，我们的心境还是比他们年轻。

勇敢面对吧。死，也要死得有尊严；死，也要死得美丽。

轮到你决定吗？有人问。

的确如此，但是，凡事都有计划，现在开始讨论，也是乐事。

首先，对死下一个定义："死不是人生的终结，是生涯的一个完成。”

我们要怎么在落幕前，向大家鞠个躬退去呢？最好是照着自己的意思去做，需要一点知识和准备。

最有勇气的死，就是视死如归，说到这个“归”字，当然是回到家里去死才安乐。但事不如愿，根据一项调查，最后因病死在医院里的人还是占大多数。

为什么要在医院？当然想延长寿命呀。但是已到了尾声，延来干个屁！决定自己什么时候走，不是更好吗？

家人一定反对，反对个鸟！不说粗口都不行，我的命不是你的命，你们有什么权力来反对？

友人牟敦芾说过：“我一生人做的最后悔的事，就是反对医生替我爸爸终结生命。”这句话，家人一定要深深反省。尤其是对患了末期癌症的人，受那不堪的痛苦折磨，家人还不许医生打麻醉针，说什么会中毒，反正要死了，还怕什么中不中毒？

如果你问十个人，相信有九个是不想在医院死的，但他们还留在医院，恐怕是顾虑到家人的感受，不想给大家增加麻烦，而绝对不是自己想要的。

我劝这种人不必想太多，要在家里终老就在家里终老，反正这个家是你的家，你想怎么样做，也没人可以反对，而且可以省掉他们整天跑到医院来看你。

虽然说医院有种种设施，但那是救命用的，你不想救，最新最贵的仪器又有什么用？

在家静养，请个护士，所花的钱也不会比住病房贵呀。找个相熟的医生，请他替你开止痛药、医疗麻醉品等等，教教家人怎么定时服食和打针，也不是什么难事。

但是孤单老人又怎么办？有一条件，就是得花钱。反正是带不走的，这个时候不花，等什么时候花？护士还是要请的，这笔钱，要在能赚时存下来，所以说死，也得准备，千万不能等。

香港人多数有点储蓄，买些保险留给后人，大家想起老人早走，也可以省下一点，也就让你花吧。

在痛苦时，最好能以吗啡镇静。从前，吗啡被认为“怪兽”，说什么服了会精神错乱，愈吃愈无助，最后变成不可控制的凶手，但这都是因为早期医生的临床实验不够，恐怕有副作用，没有必要时不打针。当今事实已证明，药下得恰当，在一定的剂量里还是安全的，有些人讨厌打针或喝药，也有膏贴的吗啡剂可用，总之不会是愈用愈没劲，不必担心。

我最喜欢看的一部电影，叫《老豆坚过美利坚》（*The Barbarian Invasions*）。名字译得极坏，其实是一部关于怎么面对死亡的片子，得过最佳外国影片金像奖，讲的是一个老头得了癌症，离开他多年的儿子来看他，一看父亲被一群老朋友围着谈笑风生，又拼命与护士调情。

儿子问老子能做些什么，老子说最好替我找些药物来服服，儿子被吓呆了，后来才发现父亲的乐天个性，并了解人生最终的路途，完成了父亲的愿望。

这些被一般人认为最野蛮的思想，是最先进开明的，片子的原名叫《野蛮人的侵略》，其实说的就是这群快乐的人。

最坏的打算，已安排好。万一侥幸能够活到油枯灯灭，那就最为幸福，我母亲就是那样走的。也许，可以像弘一法师一样，回到寺庙，逐渐断食，走前写了“悲欢交集”四字后，一笑归西。

葬礼可以免了，让人一起悲哀，何必呢？死人脸更别化妆给人看，那些钱，死前花吧。开一个大派对，请大家吃一顿好的，有什么好话当面听听，才是过瘾，派对完毕，就跟着谢幕好了。

骨灰撒在维多利亚海港，每晚看到灿烂的夜景，更是妙不可言，你说是吗?

# 儿子

亚视回放倪匡兄、黄霑兄和我主持的《今夜不设防》，那是十年前的旧货，我记得很清楚。清谈式的节目，由那个时候开始。《东方日报》的老总周石先生从台湾搬来个称呼，叫我们三人为“名嘴”。周先生极会找新人在副刊上写作，我便是他发掘的。现在他已作古，很怀念这位前辈。

十年之中，变化极大。我们的样子当然不同，但变化最大的是看不见的意识。当年谈话内容，非常之大胆、前卫，当今的节目，已愈来愈保守，思想狭窄了许多。抽烟喝酒，在当年的电视上是公开的、许可的。现在不行，怕教坏小孩子。难道每天在街上茶楼，就没人抽烟喝酒吗？当年，我们的言论，已是：“好的小孩教不坏，坏的小孩教不好。”遗传基因理论，也证实了这一点。如果在十年前我们的行为和话有那么坏的影响，也许今日社会已天下大乱。单单一小时的电视能影响小孩子的话，那么学校每天六七个钟的“正面”教育，是彻底的失败。节目之受欢迎，令英国BBC派一队人来采访，做出在电视上应该大胆开放的结论。

我自己很少回顾做过的事，旁人看了问：“你怎么头发白得那么快？”其实当年已老，不过外表看来比年龄还轻，是个假象。家父去世后，我伤心过度，真是一夜白发。现在回到我的实在岁数罢了。不变的是Lanvin赞助的西装，没有过时的感觉。没看过节目的人问：“昨晚深夜，看到的是不是你？”我听了笑笑，摇头不认，向他说：“不，那是我的儿子。”

## 借口

“我们有子女的人，生活没有你那么潇洒。”友人常向我这么说。

这是中国人的大毛病，以为一定要照顾下一代一辈子。儿女，在中国人的眼里永远长不大，永远需要照顾。

家庭观念浓厚，很好呀，但是亲情归亲情，自己也要快乐地活下去呀。不会的。中国人一生人做牛做马，为的都是儿女。省吃俭用，为他们留下愈多钱愈好，他们不会为自己而活。不但教养下一代，还要孝顺父母。这是中国人的美德，也没什么不好，但是有时所谓的孝顺，变成约束，把老人家也当儿女来管。

我这么一指出，又有许多人要骂我了。你这个礼教的叛徒，数千年的文化，你要来破坏？你不是中国人，更不是人。

哈哈哈哈。中国人，都躲在井里。为什么不去旅行？去旅行时为什么不观察一下别人的人生？

我的欧洲友人，结婚生子，教育成人后就不太理他们，就像他们的父母在他们成年后不理他们一样。

社会风气如此，做儿女的不太依赖父母，养成独立的个性，自己赚钱养活自己。

这时候，做父母的才过回从前的生活，自由自在，不受束缚，也就是所谓的潇洒了。在一般中国人的眼里，这是大逆不道，完全没有家庭观念。但他们自得其乐，不需要中国人的批评。

谁是谁非，都不要紧，重要的是互相尊重对方的生活方式。他们绝对没有错，他们不是不孝，他们也并非自私，他们只知道，做人需要自己的空间和自由。

我们做不到，但是可以参考参考，反省一下。一辈子为子女存钱，是不是自己贪婪的借口？

## 沟坏了

我爸爸常说，要知道一个人老了之后是怎么一个样子，看他们的父母就知道。但是周刊上见到从前大明星的子女的照片，除少数例外，通常都长得没有他们父母亲好看。反而，家长平凡的，却生得出俊男美女，到底是为什么？

主要原因，出在“浸淫”这两个字。大明星年轻时的样子，也和他们的子女一样普通，不过他们在娱乐圈长成的过程之中，学会了打扮，知道衣服的颜色如何配搭。做人有了信心，举止也大方起来。再加上不贪心地请高手的整容医生略为修改，观众觉得他们愈来愈美，道理就是那么简单。

我在电影圈那么多年，遇过小女孩不少，最初真是难看，还有点小儿肥，渐渐长成，变为美女。十五六岁的邓丽君，由她父母陪同来到邵氏片厂见某个名导演，何璃璃的妈妈一看到，即刻大叫：“哪来的一个丑八怪？”不过当年邓丽君脸圆圆，还算是可爱的，何妈妈有些偏见，说得过分一点。

至于外表普通的父母，他们在孕育子女时，一定是他们最搏命的年代，愈磨愈尖锐的智慧，令到胎儿变种，长出俊男美女。如果看这些父母年轻时的照片，也许好看过经历沧桑才变成的现在这个样子。

我也很相信知识高的父母，生出的儿女，不会难看到哪去，可能是他们选美丽的东西和人物来看的关系。

父母样子还可以，加上聪明，儿女一定很美，像肥彭的那三个女儿，就是一个例子。

漂亮女明星的子女长得丑，还有一个原因，是她们选的老公，不是肥胖的纨绔子弟，就是庸俗不堪的暴发户，下一代经过父亲的种打了一打，就沟坏了，唉。

# 好学

凡是将来有机器代劳的事物，我都不肯去学。小时候上几何代数课，我交白卷。

老师用尺在我头上敲，不知肿了多少包包，好在我没暴力倾向，不然一定会抢过木尺来打那个大肥婆一顿。

“为什么？为什么？为什么你不肯学？”胖老师严厉地责问。

我说：“总有一天发明一个机器，什么都替你算出来。”

不久，计算尺就出现了。过了些年，计算器一按，更是一清二楚。

这也能解释我对中文打字的抗拒。什么仓颉，什么拼音注音，都是冤枉路，机器总会出现完美的声控，到时说什么言语，就出现什么文字，为什么要我去受训练过程的老罪？但是科技发展至今已不是计算尺那么简单了，计算机数据库的丰富知识令人感叹，不用太过可惜，非学计算机程序不可。但是回想起来，请个秘书操作，不就行吗？有谁应征，请来信。

笔还是最可靠的工具，用了几十年，这个老友不能抛弃。

基本分别出在文科和理科。我的个性、爱好都在前者。要是我是学机械或做会计的话，那么我一定会把数学基础搞好。

还有是时间问题，如果我是生活在外国，闲情多的话，乐得去学。

现在在香港忙得连睡眠都不够了，要我学计算机，不如去欣赏芭蕾舞和歌剧的影碟。

这几天看旧西班牙电影《爱情嘉年华》和新的意大利片《一个快乐的传说》，更引起我学这两种语言的冲动。

不过，不久的将来，一定有个机器，贴在喉咙，喊一声“love”，即刻有一个声音大叫“amour”。想至此，又作罢，其实都是自己懒惰的借口。

## 寻开心

“寻开心”这个字眼，原有贬义，是无赖的行为。

“你在寻什么开心？”当对方说这句话时，是骂你无事找事做。

现代的诠释已经不同。做人，的确是要寻开心，才是积极，快乐由自己创造，从书本，到音乐，种花养鱼，都是开心的泉源。

家庭主妇买菜，为了能够减一两毛钱，也乐个半天。到超级市场格价，看哪一家的面纸卖得便宜一点，一天很快地活过。

不过愈来愈信宿命论，不开心的种，养出不开心的人，父母闷闷不乐，做儿女的要挤也挤不出一个笑容。快乐与否，完全由天生个性决定，再努力也没有用。除非你是一个以为人定胜天的人，这种“以为”的态度，已是积极。改变个性和命运的例子，还是有的。

回顾一下，有什么事能令你大笑一场？那么，重复去做吧！绝对没错。我说过的一天活得比一天更好，是生活质素的提高，不一定靠金钱，但需要努力，花时间研究任何事，结局都能变为专家，一变成专家就能卖钱。烦恼是不断地出现，有什么方法应付？学《花生漫画》的史努比呀！在草原上跳舞，大叫“日日是好日”。

或者，在意别人怎么看你，又烦恼了。再次学史努比呀！在草原上跳舞，大叫：“一万年后，又有什么分别？”

钟伟民不开心，家中有一只大白灿后多么快乐！稿费之外，谣传他在石头上也捞一笔。李登不开心，背了几个相机到处拍照。阿Pink不开心，在咸湿版上画春宫呀！一点也不应觉得有什么难为情的。我也想做点事情让自己开心一下。想，是不花钱的，大家寻开心去也。

## 优柔寡断

《花生漫画》中的查理·布朗，是个个性很优柔寡断的人物。露西经常骂他“wishsy washsy”。再好的英文翻译也没有。

优柔寡断潜在于我们每一个人的身上，任何事都一二三地解决的人，并不多。早上起身吗，再睡一会儿吗？已是一个很难下决策的问题。

上课吗，或是扮肚子痛？从幼儿园开始，儿童已知道优柔寡断是怎么一回事。

小学时，考试之前通宵死背书，还是去玩更好？

到了初中，同学抽烟，一齐抽，还是拒绝他们的好意？

高中已谈恋爱，打电话给女同学，或是等她打来？

出来做事时，炒不炒老板的鱿鱼呢？

老了，病了，死还是不死？

最典型的，一定是莎士比亚笔下的“To be，or not to be”。我们一生最大的苦恼，莫过于太过优柔寡断。

既然我们知道有这个毛病，就要当它是乐趣处理。

先学会做什么事，错了也不后悔，自己的决定嘛。慢慢地，我们的优柔寡断行为就会减少，自信心越强，决策越快。

可是，到了星期天，我们就要享受优柔寡断了。出门还是不出门，想了老半天，还是在家好一点。

肚子饿了，吃不吃东西？到餐厅或是自己烧菜？

写稿还是不写稿？看不看电视呢？偷不偷情？读不读书？

结果什么事都没做，躺在沙发中，问自己说：“睡不睡觉？”

哈哈哈，优柔寡断，真好玩。

# 无泪的日子

年轻的时候，得不到爱，便恨，黑白分明。

“你不跟我睡觉吗？那你是爱我不够深。好，永远不见你。”男的说。

“你连爱我都不会说一声，你追求的只是我的身体。好，我决不给你。”女的说。

为什么不能等呢？再等多一阵子，人就是你的，但大家都心急，其实不是心急，是不懂得珍惜感情。

这是教不会的，没有经验的洗礼，怎么聪明的人，都不懂得爱，只会破坏。到了了解什么是爱的时候，我们对人生开始起了怀疑，而且逐渐不满。一不小心，便学会讽刺它，沉迷在绝望中，放弃宗教和哲学的教导，变为尖酸刻薄，即使爱再到面前，也让爱溜走。

令我们开心的事越来越少，让我们垂涎的食物已是稀奇。

不过，我们也没那么懂怒了，已知道骂人结果自己辛苦，动气伤神伤身。看不顺眼的，还是不发表意见，反正不是一个人的能力可以扭转乾坤，想一笑置之，但又恨不消，唠叨又唠叨，在年轻人的眼中，我们是长气的。

但愿自己能像红酒，越老越醇。一股香浓，诱得年轻人团团乱转。一切看开、放下，人生豁达开朗，那有多好！

想归想，到头来还是做不到，只能羡慕，只能羡慕。

在这个阶段，家人、朋友，开始一个个逝去，我们一次又一次地哭啼。泪干了，所以我们不哭。

年轻时，欢笑止于欢笑，对笑的认识太浅。到现在才知道真正悲哀时，眼泪是流不出来的。眼泪，只有在笑的时候，才淌下。

## 活着

“你做那么多事，一定从早忙到晚！”认识我的人那么说。

也不一定，我有空闲的时候，有时一天什么事都不做。慢慢梳洗、阅报、看小说，饿了煮个公仔面吃吃。逍逍遥遥。

香港人忙来干什么？忙来把时间储蓄，灵活运用，赠送给远方来访的友人。返港后，刚好遇到好友过路，我陪他一整天。反正现在有手提电话，急事交代几句，轻松得很，没什么压力。

通常都会起得迟一点，可惜这条劳碌命不让我这么做，五点多六点就起，到阳台看看。今天又长了多少朵白兰花？

散步到菜市场，遇相熟友人，上三楼去吃牛腩捞之前，先斩些叉烧烧肉，吃不完打包回家，中午炒饭，又派上用场。

应该做的零星事不少，像把眼镜框修理好，手表的弹簧带断了，快去换一条新的。头发是否要剪？脚趾甲到时候修了吧？

趁今天多写点稿！这么一想，所谓的悠闲日便完全破坏，心算一下，这份报纸还有多少篇未发表，那本周刊有几多存货。可免则免，宁愿其他日子挨通宵，也不想在今天做。

是替家父上上香的时候了，将小佛坛的灰尘打扫干净，合十又合十。

是打个电话去慰问家母的时候了：啊！啊！没事吗？没事最好！燕窝吃完了吗？下次带去。今天是赶不及探访了。

篆刻书法荒废已久，再练一练吧？把纸墨拿了出来时，改变主意，还是继续画领带好。一条又一条，十几条之中，满意的只有一二，也足够了，明天上班结上。

“你还要上班吗？”友人问。

不上班，怎么知道礼拜天可贵？不偶尔偷懒一下，活着干什么？

# 退休

“如果你退休的话，会干些什么？”年轻朋友好奇地，“日子难不难过？”哈哈，要做的事像天上的星星那么多，只要选一两样，已研究不完。

倪匡兄的例子，养鱼和种花为常态，安静时阅读，多么逍遥！他说：“每天轮流替那十几缸鱼换水，累都累死，哪还有时间说闷？人家配出一屋新种高兴得要命，我这儿的新种，至少十几条。”

如果我退休，第一件事是开始雕刻佛像，然后练书法和画画，够我忙的了。音响方面，重温以前听过的古典，直落到爵士和怨曲，一面做其他事，一面听。

把每一天要穿的衣服洗好烫直，一件件挂起来，一日准备两三套，预防忽冷忽热。一向少戴的帽子，不肯用的雨伞，也可以一一收藏，越买花样越多。

底衣内裤买最柔软舒服的，这非常重要，绝对不能忽视，已不必穿名牌跟流行了。

对各种钢笔和毛笔的收集也有很浓厚的兴趣，时间不够的话，请古镇煌兄割爱，把他不要的那一批买下来玩玩。

现在用的照完抛弃的相机，越简便越好，但退休后可玩回从前发烧时的莱卡、哈苏等等，也许学回自冲自洗自印，自放大。

重新学习下围棋、国际象棋，希望一日与金庸先生下它一局。

家具更是重要，从明朝案椅到意大利沙发的研究是至上的，最好像穿梭机上的座椅，按了钮，可调节任何一个角度，喊一声，灯光从不同方向射来。棺材舒不舒服，倒是次要的了。

没想过退休后做些什么，从年轻开始，我已经一直休而退，退而休。

## 满天星斗

不知道从什么时候开始，我变成所谓的“公众人物”，躯壳已不属于自己的。

做公众人物便要有义务，其中一项是对方会要求你和他们一齐拍张照片。

当然很乐意地奉陪。

当今大众用的绝大多数是傻瓜机，本来随手一按即成，但是有很多情形，拍的人举棋不定，横拍竖拍，距离远近，都犹豫了老半天。赶时间，催促起来又像在耍大牌，只有耐心地笑，笑到脸上肌肉僵硬为止。

如果是一对情侣或夫妇来合照，多数请侍者或路人来按快门。这些人扮专家，所选角度非常刁钻，时间花得更多。

前来合照者，必把我夹了起来，他们小时听阿妈或邻居八婆说：“三人拍照，中间那个早死，千万不能站在中间。”我一把年纪，当然不要紧，又不迷信，毫不在乎，理所当然的事。

姿势摆好之后，好歹拍了，大多数人会说：“再拍一张，保险。”

或者：“再来一张半身的。”

结果全身、半身、特写。怎么拍，我都是笑嘻嘻的。记得成龙教训的一句话："要不就不做。做了，便做好它。他们是我们的米饭班主，能多一个是一个。"

有时遇到些美女，工作变成了乐趣，但拍照片和人生一样，不如意事十之八九。

只有低微的要求。有些一看到别人拍自己也一定要来一张的人，根本就不珍惜这个机会，还时常用手臂来搭肩头，作老友状。夏天穿麻质西装，干洗起来费用不菲，请千万别来这个动作。

到珠江三角洲，城市都被工厂烟雾污染，晚上看不到月亮。我没这个问题，一群人的傻瓜机都自动闪光，拍完一阵子，满天星斗，美丽得很。

# 握手

做公众人物，除了与人合照之外，还要有最基本的友善表现：握手。

握手最能看出对方的个性。有些人，伸出手来，但在你握住时，对方敷衍一下算数。

我知道这种缺点，每次都很诚恳地、很够力度地把对方的手握一握。

很多时候感到对方的手是湿漉漉的、黏孱孱的、油油腻腻的，感觉十分之不愉快，像很多细菌爬了过来。

不过还是成龙兄那句老话："记得对方是米饭班主呀！"

握完了手，就到洗手间去。

找不到纸张或干风机，走出来的时候双手还是湿的，又遇见一位要来握手的人，只有说："对不起，还没擦干。"

发觉这是治退握手之人的好办法。

握了又洗，洗了又握，重复又重复，自怨自艾一番后，还是笑嘻嘻地照握之。

邓丽君活时，在"天香楼"遇到她，双手戴黑手套，从手袋中拿出面纸，把碗碟擦了又擦，已是很严重的洁癖症。

幻想自己也和她患了同一个毛病，我不知道有一天会不会那么神经质起来。

明知有手汗的人，为什么不自知自明地擦一擦才和别人握手？也许，这个要求，是太高了呢。

很奇怪的，女人的手，比男人干净，握起来也爽快得多。但是女人要是不主动伸手过来，我绝对不先打招呼。连这种基本礼貌也不懂的女人，认识来也没用。美丽女人的手，更像从来没有流过汗。

从前在外国，遇到一个互相喜欢的女子，她伸出手来又缩了回去：“刚洗过手，还是湿的。”

我看自己伸出一半的手，不知怎么办。

她笑说：“可以握我其他地方。”

# 人类洁癖

越来越觉得自己患了洁癖。

不干净的东西我不怕，但是却一直想躲开不喜欢的人，这种洁癖，也许是对人类的洁癖吧。

首先，我很讨厌人家一面讲话一面拍我。美女我不反对，对方是个男的，我一定逃之夭夭，那种被拍手拍脚的感觉，是极不舒服的。

我也怕那些把一件事讲两次的人，笑话也要重复，有的还要将同个故事说三次，非这般，对方听不懂似的。

声线有如鸟类尖锐，或像抽了大烟那么沙哑，也极难听。有的人不讲话，也惹人反感，像不停地吸鼻涕。真想递包面纸给对方，让他一次过喷出，好过嘶啐嗦，稀里哗啦。

不断地咳嗽，我倒不在乎，感冒嘛，自己也常患这种毛病。生鼻窦炎的，哼哼哈哈，我也能原谅，这是他们控制不了的，听起来不那么刺耳。

惹人反感的是坏习惯：当众弹指甲、挖鼻、抖腿的行为。本来可以更正的，为什么不去努力，一定要让对方忍耐这种丑态？

一直觉得人与人之间，应该有一份互相的尊敬。不管是长辈、同年或对年轻人与小孩，比我有钱或贫穷，知识高与低，都有这份尊敬存在。也许，这就是基本的礼貌吧。

不懂得礼貌的人，和一块肮脏的纸巾一样，一接触，便怕要得到传染病，得拼命去洗手。

遇到非亲非故的家伙，前来称兄道弟，或连姓带名地呼喝，我就得避开。有时跑不了，唯有面对，用不视来消毒。

方法是不管他们问你什么，说什么，都微笑不答，直望对方，望穿他们的脸，望穿他们的后脑，望到他们背后的墙壁。

别轻视这一招，用起来，甚致命。对方给你看得心中发毛，夹尾巴垂下头去。洗涤污染，目的达到，一切恢复干净。

## 绝倒

很多人以为我身边常有美女相伴，乐事也。其实有些美女不化妆，吓死人的。

不知怎样，她们总会变成脸色又黄又绿，别以为我在夸张，的确是青青的。

眉毛又不知道什么时候剃得短短，或者拔了一截，剩下两点，有点像日本古装片中的扮相。张开嘴不知是否满口黑齿？

一起工作的美女，有些是别人安排，并非自选，到了飞机场才第一次见面。

左等右等，终于一个女子出现，怎么看都不像明星，一定是保姆了，上前打招呼："你是不是某某人的……"

好在对方听到一半，已经点头，高兴地说："我就是某某人，你一看就认出我了！"

不过相貌还是其次，和这些女子聊聊天之后，还觉得很容易相处，越看越顺眼了。最难消受的是全无反应的女人。

跟我们到国外出外景的一个，六天之中，除了工作，整日躲在房里不出来。

"为什么不去购物？"我们问。

"这种地方能买到什么？"她说，"香港的货比他们都齐全。”

说得也是，再问道：“为什么不去酒店的健身房做做运动？”

“那些机械落后得很，做了扭到腰也说不定。”她又说。

“出去找东西吃呀！”我们差点放弃了。

“减肥。”她回答得干脆。

“这么多天，在房间不闷吗？”

“不闷。”她说，“有书看呀。”

众人即刻肃然起敬，但是能迷得那么厉害的，也不会是《红楼梦》吧，那么一定是金庸小说了：“看哪一本？《射雕》？《鹿鼎》？”

她懒洋洋地说：“带了两本《老夫子》，还没看完。”

# 画

七月要出一次远门，准备画些东西，需带一大盒油彩、一个画架。想起来，都是包袱，有点犹豫。

还是做女人好，她们的画布，是一张随身带的脸。

至于颜料、粉彩、画笔等，都非常袖珍，一个皮包便能装入，令人羡慕。

画皮再也不是《聊斋》中厉鬼的专利，现在女人个个会画，技术高超。

在拍旅游特辑时，哪一位女明星嘉宾，由电视台安排，有时要到机场才知道是谁。

一次有个面黄肌瘦的陌生女子，站在航空公司柜台前，转过头来向我打招呼："我是某某人……"

"啊，你是某某人的保姆。"我正想那么说，好彩讲到"你是某某人"时即刻停下，因为她就是那个某某人。

这个像恐怖片中常出现的女人，第二天连早餐都不吃，等她出镜时，她还是那么仔细地一笔笔地作画。

走了出来。啊，完全变了一张脸，简直是艺术家的杰作，一个活生生的达·芬奇蒙娜丽萨，向大家微笑！

怪不得画得那么好啦，天天练习嘛。一次花上三两个钟，多年岁月经验的累积，怎会不进步？而且她还是一个非常勤力的学生。

拍摄完毕，这女人即刻洗脸，还我真面目来，是一副没有眉毛、小眼睛、大嘴的相貌，肌肤渗透出绿色来。

“为什么那么快就下妆？”我打趣，“花了那么多工夫，岂不可惜？”

“你是写书法的，难道每一幅字你都裱起来挂吗？”她懒洋洋地说。

这个比喻好像不太通，但又似有点道理，总之听了唯唯说是，俯首称臣。

# 味

女友问我："男人心目中的女人味是什么？"

我回答："会发生三种现象。"

"哪三种？"她问。

"第一，"我说，"即刻令男人有性的冲动，马上想和她上床。"

"太直接了吧？"她说，"也太过简单，怎么只有性，没有别的？"

"你问的是男人的观点，男人就是那么直接，女人不懂。"我说。

"好，那么第二呢？"她又问。

"第二是令男人觉得其他女人都失色了，"我说，"一直想在她身边流连。得不得到她，不要紧。"

"好像能理解。"她说，"那么第三种现象呢？"

"第三，是虽然不肯离开她，但是又要离开她。有女人味的女人，令男人自惭形秽。"我说。

"好在我没有。"她拍拍胸口说。

我想说："我的目的，就是讲这句话。"但是没有开口。有女人味的很寂寞，多数因为寂寞而给男人追到手。

“气质呢？”她问，“什么叫气质？”

“和女人味一样，有女人味就有气质，发生的现象，也相同。”

“是不是可以培养出来的？”

“一半一半。”我说，“天生下一副懒洋洋的个性，也造成女人味，不是后来可以学习得到的。”

“那么什么是男人味？”她问。

“男人味发生的现象，只有一种。”我说。

“那是什么？”她追问。

“令女人暗恋一辈子，永远开不了口告诉他，就是男人味。”我拍拍胸口说，“好在我也没有。”

# 爱情和婚姻

很多年轻人问我：“爱情是怎么一回事儿？”

我自己不懂，只有借用哲学家柏拉图的答案了。

有一天，柏拉图问他的老师：“爱情是什么？怎么找得到？”

老师回答：“前面有一片很大的麦田，你向前走，不能走回头，而且你只能摘一棵，要是你找到最金黄的麦穗，你就会找到爱情了。”

柏拉图向前走，走了不久，折回头来，两手空空，什么也摘不到。

老师问他：“你为什么摘不到？”

柏拉图说：“因为只能摘一次，又不能折回头。最金黄的麦穗倒是找到了，但是不知道前面有没有更好的，所以没摘。再往前走，看到的那些麦穗都没有上一棵那么好，结果什么都摘不到。”

老师说：“这就是爱情了。”

又有一天，柏拉图问他的老师：“婚姻是什么？怎么能找到？”

老师回答：“前面有一个很茂盛的森林，你向前走，不能走回头。你只能砍一棵，如果你发现最高最大的树，你就知道什么是婚姻了。”

柏拉图向前走，走了不久，就砍了一棵树回来了。这棵树并不茂盛，也不高大，是一棵普普通通的树。

“你怎么只找到这么一棵普普通通的树呢？”老师问他。

柏拉图回答：“有了上一次的经验。我走进森林走到一半，还是两手空空。这时，我看到了这棵树，觉得不是太差嘛，就把它砍了带回来，免得错过。”

老师回答：“这就是婚姻。”

# 定义

纯情的少女，看到被男人遗弃的女友，大感同情。“怎么可以把一个发生过感情，又上过的伴侣，就那么丢掉？”她说，“要是事情发生在我身上，我一定死去。”事情发生在她身上了，也死不了，照样活下去，伤心一阵子罢了。

男人抛弃女人的例子听得多，其实女人不要男人的例子，也一样多。这位纯情少女，当有一天，再次恋爱时，当然懂得珍惜，不过，她会忽然对这个男人生厌，爱上一个新的。这时候，头也不回，她的绝情，比男人还狠。“怎么可以把一个发生过感情，又上过的伴侣，就那么丢掉？”这句对白，现在轮到那个被抛弃的男子说了。纯情少女，做了负心妇，自己从不醒觉。

我们都把在天愿作比翼鸟的故事看得太过天真了。我们年轻的时候，把一切当成美好，永远不存任何疑问地，爱上一个人，或者被爱，那是对感情这一回事，很陌生。

长大了，被人出卖的例子出现了太多次，自己也学会出卖人。人的变心，其实是基本的功能，当成罪恶，是自己太傻。

只剩下我们这群老古董，做事不会反悔，承担一切后果，当年的诺言，至死不渝地遵守。我们可以被制成标本，抬进博物馆去开展览，让后人当化石研究。问当今男女什么是恋爱，他们回答：“新对象一出现，恋爱就停止。”

爱的定义，是新的对象还没出现之前的一段脆弱感情，人不变心，是因为新对象还没出现，就是那么简单，他们解释。我们老古董，还是不懂。

# 嫁个有钱人

嫁个有钱人，一般女子都那么想，连歌星艺员，也千方百计，想嫁入豪门。有钱人，那么好吗？答案是肯定的。最好能嫁个有钱人，后半生不必忧愁。你说“不好！”，“有钱有什么用？”那都是虚伪的话。

可是，这么说，是有条件的，条件在这些钱，一定要男人自己赚回来，如果是他老子有钱，那么不如做他老子的狐狸精，也千万千万别嫁给这种纨绔子弟。统计有钱人的儿子，多数是被宠坏。嫁了他们，悲惨收场居多。请你把旧八卦周刊重读，就会发现一百对夫妻之中，能够白头偕老的，只有九十五对。

出身平凡的你，嫁给我儿子，有什么目的？还不是为了我们家的钱！这是有钱父亲的第一个反应。

第二，有钱人并不满足，他们希望更有钱。所以养了一个儿子，如果他能娶到一个也是有钱人家的独女，那么她父母死后，钱不又是我们家的吗？别以为粤语残片才有，当今富有家庭，还是同一观念。

第三，有钱仔从小玩具多，久而生厌。讨老婆，也是一样的，生了几个子女，身体各部位都松懈，哪比得起用各个紧紧部位来讨好你的北姑？

旧社会还好，嫁就嫁，想那么多干什么？新的不同：你不想，人家想。当今的闹离婚可是家产一半的损失呀！一辈子辛辛苦苦赚来的，死了留给儿子没话说，才嫁来几年，就要分它一半？开什么玩笑？对了，先让你在律师楼签张纸，说明不分给你。什么？你不肯签？那么你嫁给他，目的还不是为钱？

算了算了，嫁给有钱人，不如自己当有钱人。不嫁又算什么？买个小白脸，不知多好！

# 受伤的女人

不知不觉中，我的微博粉丝人数，已达五百三十多万，还不算上来浏览而不关注的网友。

我让各位尽量问各种问题，愈尖锐愈好，网友问的，包括了："你有没有向人示爱而遭到拒绝的经验？"

"无数。"我坦白回答。

对方追问："那有没有别人向你示爱，而你拒绝她们的？"

"也有。"

"举个例子。"他们打破砂锅问到底，"她们是什么人？"

我可不回答了，这一点绅士风度我还是有的，为什么要把她们的名字公开？很威风吗？我认为男人这么做，非常可耻，可以说已经不是人，只是爬虫罢了。

就算不遵守这基本礼貌，大唱谁和谁表示爱我，这么一来，其他的女子都怕了你。断自己的后路，有那么蠢的男人吗？

不指名道姓，又将地点和时间改变，说一些往事，总不会伤害到什么人吧？而且对方也已七老八老，听后觉得有自己的影子，也不会跑来骂我吧？

只记得年轻时半工半读，把自己当成一个精神上的苦行僧，非事业上有点成就，就不去拍拖了。而且，谨记前人教训，不吃窝边草，女明星向我示爱不是没有，即使有了好感，在未发展到另一阶段之前，我已躲避了。

年轻时的另一种愚蠢，是重友情，帮助人家，两肋插刀，一点问题也没有。自己喜欢的女子，要是好友也爱上了，就作《双城记》的男主角悉尼·嘉顿状，牺牲自己，来成全人家。这种情形之下，拒绝了对方好意的例子，还是有的。

那么年轻力壮时，怎么压抑自己的欲望？当今想起，六七十年代的道德观念，比现在的开放，爱上了对方，即表态，马上来一下，好像不是很难的事。与其说开放，不如说当年大家的思想都简单，没当今的那么复杂。

男人四处狩猎，似乎是本能，但也不一定雄性采取主动，当然也遇过女的主动的。女人一想要起来，比较直接。男人想得太多：她会不会说不？拒绝了我之后，会不会讲给别人听？那时候被人耻笑，可无处容身呀！男人想呀想，到最后那句我们上吧，就是讲不出来。

女人才不管三七二十一，她们出击的方法也最简单不过，那就是在桌布下，把手伸出来，按着你的大腿，靠近阳具那个部位。

这一招所向披靡，很少男的会拒绝的，要是对方不太难看的话。

如果是位美女，但碍于种种原因，像对方的老公是自己的朋友的话，如何拒绝？我的办法总是再三道谢，因为女人主动，也经过思想斗争的，她们做出这一步，已是相当的大胆，勇气可嘉地将自己赐予了我，还不多谢？

温柔地把她们的手拉开，轻轻地吻她们的耳鬓："谢谢你，找个机会，下次吧。"从此，避而不见，给足了面子。也许将来她们离婚，也有一条后路呀。

有些女的非常之聪明，用了一个非常古老，又永远行得通的桥段，那就是借酒装疯了。她们可以醉得一塌糊涂，第二天醒来，说一点记忆也没有。

如果还想继续和对方做朋友的话，趁她们只有一点醉意，即刻说要打电话给她们的家人，问父母的手机多少号，很奇怪的，多数一听此句就醒。

要是对方是在外地认识，又比较陌生的话，那么叫一辆的士，问司机目的地多少钱，给多点小费，并抄下的士的号码，请司机把她们送回去。

有时，是用电话来诉心中情的，这比较难于拒绝，不能一下子说不，得让她们有个台阶下，今后还有朋友做。向你示爱，被你拒绝后，还能做朋友的，一定是个好朋友，千万要珍惜，所以这时候非细心处理不可。

最好的办法，还是投其所好，说我对你也有好感，但心理准备一时还没做好，还是暂时保持联络行不行，当然，之后就别主动联络了。几次之后，对方也会意，不再纠缠，若连这一点游戏规则也不遵守，还死缠烂打的话，那么，这个女人也不值得你去尊重了。

被拒绝后，再也做不成朋友的例子，还是居多的。不应该生气，永远地感激，心存半丝后悔，希望来世有缘，再做个伴。

当今在网络上，因为不用真名字，女方更为大胆了，有些直接大叫："我爱你！"

但，千万别自作多情，这三个字，也不一定是自动献身的意思。在微博上已有深交，对方样子又娟好的，也向你这么表白的时候，也同样用三个字便能治退，那就是"止乎礼"了。

# 立陶宛的女人

到法国乡下去流浪。这是一个美丽的地方，与六百年前一样，所有的建筑和生活习惯。一切，都是那么幽静，那么调和，毫不受外界污染。

第一天欣赏了这里的景色和人情，到了翌日，就发闷了。总是个住惯城市的人，希望看到万花筒的拉梦尔，已经感到无聊。

拉梦尔是东方人，他为自己取了个西名，容易叫。寂寞之下，他走进一间酒吧。在那里，他遇到一个毕生认为理想的女人。面孔漂亮而带智慧，腰细，腿长，很长的黑发。拉梦尔差点像被雷电轰中。

怎么能与她交朋友呢？只要谈几句便心满意足。这想的时候，刚要开口与那女人搭讪。岂知，她已先说话："我和你一样是外国人！"

"？"拉梦尔诧异。

"是呀！"女郎说，"我从立陶宛来的！"

"那个曾经被苏联统治的立陶宛？"拉梦尔问。

她大力点头，显然是为了有人认识她的故乡而高兴，说："我叫雪兰。"

拉梦尔把自己的名字写在一张纸上，又拿起笔画了一只马。

指着它，用手势叙述："立陶宛是个骄傲的民族。苏俄入侵，欺压他们。有一次，在一个酒吧里，苏俄人又在大声讽刺这群亡国奴的时候，其中一个立陶宛人忍不住了，到外面去骑了一匹马，冲进来，跳上桌子，跃到酒吧的长柜，表演了精湛的骑术，令苏俄人叹为观止。"

怎么样也想不到在异乡认识的中国人，会对她的国家的人民和历史那么熟悉，雪兰对拉梦尔起了好感，两人直抢着笔在纸上继续写和画。

她的头发，传来阵阵的幽香，拉梦尔陶醉的并不单是酒。

雪兰好像没有注意到，畅谈着自己的身世："我在大学里修法文的，机关派我去当导游。当时的制度不适合我的个性，我一直想跑出来，后来遇到一个法国人，他向我求婚，我就不管三七二十一地嫁了给他。"

"要是当时那个男人是我，那就好了。"拉梦尔心里想。

立陶宛的女人说："结婚后，他和我来到这个小镇。巴黎虽然离开这里不远，但是他从来没有带我去玩过。他认为让我逃出来，已经是件了不起的事。我去买菜时他也要跟着，因为他心中有病，看到任何一个男人望我一眼，就幻想我和他们做爱。我的确很闷，感到由一个监牢搬到另一个更小的监牢。"

说到这里，她的眼圈红了。拉梦尔静静地听她细述，一面为她倒酒。

"唉。"雪兰叹了一口气，"记得他来我家求婚的时候，我的父母并不反对，他们只向我说：'去吧！去看看我们不能到的地方。'哪知道我来了这里，只有四面墙壁围着我。几年下来，我忍不住了，要求和他离婚。他大吵大闹，说要用刀子杀我。我不怕，和他在一起，和死了是一样的。终于，他拗不过我，答应了和我分居。但是，我拿了行李走到车站，一个人又怕了起来。人生地不熟，我到巴黎去又能做些什么？我像一只被养惯了的动物，走不出门。喂，不谈这些了，说说你的事给我听。”

拉梦尔低下头：“没有什么好说的，我娶了一个社交很活跃的女人，陪着她，我没有时间画我的画，写我的小说。一天，我忽然买了一张飞机票，跑到欧洲来旅行，一走就是六个月。”

“你不想念你太太吗？”雪兰问。

“想。”拉梦尔说，“但是我一回去，又是个老公式，每晚鸡尾酒会。”

两个人不停地喝酒。

“你先生现在还给你钱吗？”拉梦尔问。

她点点头：“不过，我现在已经觉得我能够完全脱离他了。我要靠自己活下去。活不了，我就回立陶宛。回去以前，我还要努力挣扎一下。这个主意想了很久，一直不敢做，但是总要开始。今晚，请你做我的第一个客人，和我睡觉。”

拉梦尔不敢相信自己的耳朵，他只知为了这个女人，不要说钱，性命也可以牺牲。付了钱，两人走出酒吧，其他的客人皆投以冷漠的眼光，雪兰有点不自在。

上的士，拉梦尔说了酒店的地址。路上，司机转过头来：“腊弗罗太太，你也跟这个东方人去吗？”

雪兰脸一沉，说：“我已经不是腊弗罗的妻子，我们在办离婚！”

进入旅馆，拉梦尔去拿锁匙，大堂的男女老幼的耳边细语，都好像越来越大声地在说：“这个不要脸的立陶宛女人！”

哇的一声，雪兰崩溃了，她不理拉梦尔，独自哭着跑了出去。

拉梦尔穷追，跑到对面街的梧桐树下，雪兰给他拉住了。

“不，不！”她嘶叫道，“我到底不是一个娼妓，我不能……”

轻柔地抚摸着她的头发，拉梦尔说：“不要哭，我了解，我送你回家。”

两人没有笔和纸的帮助，说着不同的语言，但是全能沟通会意。

“我还是一个人回去的好。”她说。

拉梦尔点点头，把钞票塞入她的大衣口袋里：“再见了，立陶宛来的女人！”

看着他孤独的背影，雪兰冲前按着他的肩：“拉梦尔，你要知道，我喜欢你。我自己也有这种需要，我和你上床并没有罪恶感，但是这小镇的人为什么要把它弄得那么肮脏？我想，我想，不过我还要在这里住下去，我受不了他们的眼光，我应该怎么办？你说，我应该怎么办？”

拉梦尔一声不响，忽然，他拉着她，往树林中直奔，到树丛处，他把她毒打一顿。然后，他跪下来求她原谅，接着他用嘴唇替她疗伤，雪兰不停地点头，说：“是，亲爱的，是。”

第二天黎明，拉梦尔亲吻雪兰后，摇手，上路。雪兰拖着疲倦的身体回家。这小镇，为了这件强奸案轰动了一会儿，也就平静下来。

# 老玩家

玩家，也会老的。上了年纪的玩家，照样玩得潇洒，不一定像一般人酸溜溜所说的，是肮脏老头（dirty old man）。外国遇到许多鬼佬老玩家，在漂亮女人身上大撒金钱，你情我愿，也不是什么坏事。在香港我也认识了一些，玩法不一样，是去内地买一间屋子，一个礼拜去一两次。“这不是包二奶吗？谈得上叫潇洒？”女友听到后大骂。

“包二奶是笨蛋包死一个，”我说，“玩家本色，是应该一个又换一个的。”

“用钱去换，又有什么了不起？”

“换也要换得有技巧，换也要换得自然，换也要换得顺理成章。”我说。

“不懂，”女友说，“你举个例子来听听，看我是不是心服口服。”

“像我认识的一位王先生，已经七十多岁了，还是不停地往内地跑。在他身边的都是好女子，从不亏待她们。”我说。

“什么才算得上是好女子？”女友问。

“王先生喜欢的，是乡下女子，城市的他嫌脂粉太重，不健康。”

"乡下女子就是好女子？"

"也不是，遇到一些经济上有困难的，王先生替她们解决，在其中选一个个性开朗的，继续资助。"我说。

"其他老头也会呀。"女友反驳。

"王先生不同，他向这个女的说，要人帮忙总不是长远的。鼓励她去找工做，尽量存钱，等到她经济独立时，能存多少，王先生就加倍地送礼。要嫁人时，王先生还替她们大摆筵席，一切费用包在他身上。"我说，"乡姑明白王先生是个好人，回去和姐妹们说了，大家羡慕不已。又替王先生选一个和自己个性相同的，再介绍给王先生。"

"我心服口服了。"女友说。

## 武器

陪一个女人去买房子。前来介绍的女经纪，身体肥胖，她气喘吁吁地爬上那小山坡，满脸笑容。看完了一间又一间，我朋友都不满意，最后来到嘉多利山的布力加径，有间楼顶很高的，价钱又便宜，逗留得久一点。

我这个朋友是个名副其实的八婆，常损人不利己酸溜溜讲对方几句，看见那女经纪又气喘如牛的怪样子，她单刀直入地问道："你有没有一百四十八磅？"

"哇，请你不要乱讲，我现在哪有一百四十磅？"女经纪呱呱大叫一轮后说，"我二十岁那年已经一百四十了。出来做事，爱吃东西，一年胖一磅，现在一百六了。"

连那个绷脸的八婆也给她惹得笑个不停。幽默真是一件大武器，绝对比那两个打破头的男经纪强得多。

我出外景时选工作人员，如果对方能讲一两个笑话，绝对先和他签约，因为我知道一去就是几个月，好笑的人比不好笑的容易相处。

有幽默感的人，做事的成功机会总比别人强，得到的朋友也更多。别以为讲笑话就是轻浮，连做总统也得讲一两个笑话来缓冲紧张的局面，里根和克林顿都使此招。

“你为什么出来做这一行？”八婆又问。

女经纪回答：“要养孩子呀，我和我先生离了婚。”

“为什么要离婚？”八婆又不客气地问。

“不能沟通呀，”女经纪说，“他连和哪一个女朋友约会都不肯告诉我。”我们又笑了。

八婆心情好，房子又看得满意，最后她说：“我想和先生商量一下。”

“商量一下也好，”女经纪说，“不过不是每一件事都要老公决定的。我减肥，就从来没有得过他的同意。”

八婆又笑了，交易即成。

# 看开

在九龙城遇到一个人。

“我每天看你的专栏。”他说。

“谢谢捧场。”这是我一贯的回答。

“我有一个要求。”他说。

“讲讲看。”

“我有一个儿子在新加坡，我想去新加坡找事做，你可不可以介绍我一份工作？”

“什么工作？”我问。

“什么都好。我看到林振强写你曾经说过在新加坡有什么事可以找你。”他说。

“你有什么专长？”我问。

这个人想了老半天想不出。

“你以前做过什么？”我又问。

“做过旅馆经理。”他终于想到。

“买一份新加坡报纸，找这一行的征聘广告，打电话去问。”

“我这个年纪，没人会要。”他说。

看样子，最多也不过是五十。

“你说试过，是五十五十，不试等于零。所以我试试看你能不能向你的朋友推荐我。”

“对不起，做不到。”我回答后，因为赶时间，走了。

是的，我的确说过尝试才有成功的机会，但是在他的例子，要尝试的是联络应征，不是向我求救。对林振强伸出手，是因为他是一个天才横溢的人，虽然初次见面，但他以往的成绩有目共睹。

这个人的背景我一点资料都没有，怎么推荐？人品不好的话，不是害死对方吗？从前我不会这么想，可是发生过的坏例子太多了。我帮助过的人，感谢也不说一句不打紧，时常在背后插了我一刀。现在老了，比较谨慎而已。说是那么说，但是先相信人的个性，我想这辈子还是改不了的，今后被背叛的情形还是会继续发生，也管不了，反正次数只有减少，不会增多，看开点吧。

# 胜任

一个认识的人忽然有了新主意，说："约某某人出来吃个饭，叫他帮忙！"

我在一边听了毛骨悚然。请教于人，是好事，我并不反对。但是那轻飘飘的"约出来吃饭"，好像有随传随到的口吻，恐怖得很。

又非亲非故，人家为什么要让你请呢？

吃一顿饭，闲闲地花个两个半钟，之前的沐浴换衣时间呢？好像人家没有饭吃，坐在家等待你这一餐。

抱着广交结缘的心理，我依然赴约。能把自己懂得的东西传授给别人，也是乐事，但是主人家迟到的经验告诉我，自己已经精疲力倦，再也没有条件过夜夜笙歌的日子。

友人有事，当然随时拔刀相助。一般会约在办公室中商讨，等待起来，也可以传传真，写写信，做一些未完的工作。

因为要写稿，午餐则到处钻，发掘一些餐厅来介绍。所以中午这段时间我很忙，而且试菜总不能拉几个朋友到处乱走呀。

晚上则希望能看看报纸、电视新闻，租张影碟欣赏电影，然后阅读一些新书。睡几个钟头，清晨起身写稿。一去陪别人吃饭，这个生活规律受到干扰，赶起稿来，压力甚重，就写不出好东西。

其实我早上六点到十点这段时间最为空闲，什么都不想做，拔几朵白兰花放在口袋，就出去散步或逛菜市场。

“怎么老是约你不到？”友人说。

我回答：“行呀，我明天，早上七点钟在九龙城饮茶。”

“那么早？”朋友抱怨。

听后微笑，记得年轻时，为谈成一件事，在对方门口苦等一夜的情景。可惜当年没有狗仔队，要不然我一定胜任。

# 等

回香港，时间不多，因为又要赶着为下个旅行团去探路，只停十几小时就上路。约了一个年轻人，对方说有重要的事商量。地点由他定，我准时来到。

说是准时，我这个人绝对不准时，只有早到。

父亲教导的一些做人的原则：对人要有礼，要守信用，别让人家等待，等等。“当今是什么年头了。”友人问，“你这样做不是吃亏吗？”

的确受了很多苦，尤其是给一个从小玩到大的同学骗去，受伤甚重，对人生好生失望。但是另一个同学又帮助我赚钱，得到平衡。

年轻人迟到了半个钟，“对不起”也不说一声。我反而安慰他：“不要紧，不要紧，我是不让人等，但是等人不要紧。”

嘴巴那么说，心老不愿意。等人的时间，加起来，不知浪费了多少个月！如果对方是个美女，那还有话说。缺德鬼一个，为什么由我来等？愈想愈觉不公平，愈想愈生气，但是，每一回都又不公平，又生气地完结。等人的噩梦，一次又一次地重复。

为什么打电话给人，都说“等等”，为什么不会说“请等一下”？自己公司的职员，教了又教，还是说，“等等”，怎么要求别人办公室的人说“请等一下”呢？家父教的，要放弃的话一下子就放弃，但也死守了六十年。如今年老神倦。

板桥老人说：“已不与诸君作无益之语也。”翻成现代语：“唔同你呢班契弟玩。”从现在开始，不再等人，让人家等我。话虽这么说，下次又等。

# 怎么有可能

经过一家意大利时装店，有件我喜欢的，进去看看。这时来了一个大汉，头发剃得极短，圆脸，态度嚣张，向女店员呼喝：“这一件，有没有适合我穿的？”

店员不敢怠慢：“先生，你的尺码的货卖完了。”

“怎么有可能？”大汉说，“你量都没量过，就知道没有我的大小？”

店员再说：“我们做久了，一看就知道。”

那家伙愤愤不平，又找到了一条牛仔裤：“喂，这件多少钱？”

“三千七。”店员说。

“怎么有可能？那么贵！”

店员赔笑：“是这个价钱，对不起。”

“三千七就三千七，有没有我的尺码？”大汉的语气听起来好像在说：“怕老子买不起吗？”

“有，有。”店员如恭如敬拿出一件。

那厮躲入试身房，不一会儿走了出来：“怎么有可能？腰身那么低！”

“现在的牛仔裤都流行低腰的呀！”

“怎么有可能？”他说，“好像小了一点，你量量看我的腰围是多少？”

女店员用了一把软尺：“四十二吋。”

“怎么有可能？最多三十八！”他大叫。

真是讨厌到极点！

忽然，他面转向我，露出一个大微笑，像个孩子，问道：“你看我穿起来好不好看？”

忽然，我也恨不了他。

“真帅。”我说。

他兴高采烈地付现金，拿了裤子走了，那女店员向我抱怨：“怎么有可能有这种人？”

我笑着：“他们生活在另一个星球，有可能。”

# 奴才

社会，常看到大老板一出现，身边一群手下围住，毕恭毕敬，老板一说什么，即刻赔笑。这种人，看不起他们吗？揾食罢了，无可厚非。但始终是一种不愉快的现象。

人总是喜欢听好话的，有了权力，周围的人都要顺他。从前微小的时候藐视这些小人，一旦自己有了地位，就要人服侍了。

但已经不是帝王时代了，说错话老祖宗也不会抓你去砍头，东家不打打西家，为一份职业，也没有做奴才的必要。

对上司，当对方是一个长辈，听他们的教导，没有什么错处。绝对不可以打躬作揖，他们一知道你是可欺负的，就来蹂躏你。

年轻人都是由低层做起，大家都有过老板，用什么态度呢？不卑不亢，最为正确。对方知道你有点个性，也会较为重用你，因为你这种人才有主张。可惜懂得欣赏有主张雇员的老板少之又少，多数是他们说什么，你赞同就是，一直提反对意见，迟早有难。

把自己的看法写成备忘录是一个绝招，很少人肯这么做。如果能做到，事后总可以说我已经觉察，你不听而已。如果备忘录上写的东西证明是错的，那么勇敢承认老板更有眼光，对方也会欣赏。

做人总得拥有一点点的自尊，为了一份工而连它也放弃，一生只是小人一个。从前工作的机构中也有过这么一个小人，他附庸风雅，要我写几个字给他，我笔一挥，写出“不作奴”三个字，这厮当堂脸青。还是我老妈子最狠，她靠自己实力由教师当成校长，绝不低头，遇到我服务过的老板，向他说：“我儿子是人才，不是奴才！”好在对方明理，听了笑笑算数，换个别的老板，早就把我饭碗打破。

# 才子

近年来“才女”这个名词被滥用，反而没有听说有什么“才子”的。

问问老人家如何才有资格做才子，听了不禁冷汗一把。原来要有以下条件：

琴棋书画拳
诗词歌赋文
山医命卜讼
嫖赌酒茶烟

单说“琴棋书画拳”已是不易，现代的青年能做到的大概只是操纵walkman上的按扣，上耳机听“琴”。

“棋”是电子游戏机。

“书”吗？连求职信也抄得不端正。

“画”有满书摊的连环图可以欣赏，要不然可看电视的一休和尚。

“拳”，有什么比功夫片更好？

“诗”，以前的小学生在厕所里还可作几句打油诗，现在忘了。

“词”？电视连续剧的主题曲中不是作得很好吗？“歌”当然懂啦，大L唱得不错。

不过，“赋”是什么东西？“文”自己不会写，只要会谈马经，已经是一大成就。

为什么要会看“山”？哦，原来“山”是代表风水。风水我相信，小时候听过赖布衣的故事。什么？有一本书叫《本草纲目》？是讲什么的？后来有什么用？伤风感冒喝单眼佬凉茶的茶最灵。不能出人头地是命中注定，给人家看看手相就好，何必自己去学？

“卜”，最好能预知孖Q跑出来的结果。

“讼”，就是打官司吗？

“嫖”还不容易？不过发现了医不好的疱疹，心里倒有点负担。麻将是生活的一部分，少不了。“酒”能享受到法国白兰地，谁够我威？每天早上饮“茶”，但是不喜欢用茶盅，倒得满桌是水，泡工夫茶的人更是笨蛋。“烟”吗？叹温丝顿，分外写意。你是说“烟”是抽鸦片，那不是吸毒？

“才子”二字，与我无缘。

# 手势

中国演员和日本摄影师谈天，我常翻译。

前者摇动双手，说：“我发觉日本人说话，手势特别多。”

后者单手在鼻前摇动，回答道：“不，不，中国人的手势才多。”

讲到这两个不同国家人的手势，话题涌出。最先提的当然是性行为，中国人的花样千变万化：伸出中指，拇指夹在食中两指之间；用一只手拍另一只手之背；左手握圈，右指插入；等等。日本人只有双手做捧起向自己拉来状一种。

我们用拇指指着胸口，说：“我。”日本人用食指指着鼻子，说：“我。”

洗脸的手势，我们是用双掌朝自己脸打圆圈表示，日本人却双手上下推动强调。

伸出尾指，表示小，东西的小。日本人伸出尾指同样是表示小，不过是老婆的小。

手势有时也可以看得出一个人的个性。比方说很美，有些人用双手做出人脸，再伸出拇指。有些人说很美，先摸摸自己的下巴，再伸出拇指。这种人有极严重的自恋狂。

意大利人的手势最多。他们一说到美好的东西，即刻大力地吻着自己的手指，双手拼命地打圆圈。遇到什么不对的，啪的一声打自己的头，喊道："呜啦啦！"

同一国家的人，差别亦甚大。香港人问台湾人说："你看到最大的西瓜有多大？"台湾人一定伸出一只手，把手指张到最大的极限，说："这么大！"而香港人多数会伸出双手做一大圆球状，说："这么大！"香港人向餐厅伙计说："拿个小碗来。"也用双手做出两个半圆合起来，就不比台湾人用单手来表现那么方便。

万国都通用的手势，众人同意是在说无可奈何的时候，耸耸肩，把双手摊开。

我忽然问道："你们那儿有多长？"

大家都用双手表示。

# 敬祀神明

中国人的职业，本来说是三十六行，后来多元化，进而称为三百六十行。现在多十倍、百倍也不止吧。拿起黄页簿一查，甚至有出租尿布者。

过去，每一种行业的人，都祀一偶为祖师，诸如医药业之祀神农，土木工程之祀鲁班，梨园子弟之祀唐明皇，等等。

前一段日子，读台湾新闻，知该地之红灯区则祀一只肥猪。猪哥，闽南人之谓好色阔客，虽非什么神圣之人，但膜拜好老板，无可厚非也。

《玉蒲团》这本小说，一向为卫道之士视为洪水猛兽，列为禁书，想不到书中所写的男主角未央生，亦为人所祀。以前有位赵世伯，曾经说上海有一座未央生庙，庙中除了我们的英雄之外，还有他的好友大盗赛昆仑的泥像，香火不断。我们以为赵世伯口花花，说他捕风捉影，道听途说。

直到最近，读上海通陈定山先生所写的《春申旧谈》一书，里面果然有未央生庙的记载，而且说到此庙设在上海小东门杀猪弄。不过，市民偶过其地，必向弄内撒尿，搅得臭秽熏蒸，而偷儿淫鸨都十分诚心，奉未央生和赛昆仑为祖师，可发一笑。

书中又说，当时有一妓女，请一位文士撰了一副对联贴在庙外，文为：

此地不能小便
本房可兑大洋

这真是使人忍俊不禁之事。

在电影圈混了多年，每每看到一片开镜之日，所有工作人员都聚集一处，奉烧猪生果香烛，三跪九叩首，就地膜拜，求神明保佑，使全片拍摄顺顺利利。近日电视片集开拍，亦依此惯例。

但是，所拜神明何许人也？皆颇含糊。祀发明者之一的伊士曼·柯达，或大师格里菲因，或爱森斯坦？彼等皆为洋人，中国人之祀一个番佬，似有点滑稽。应该祀的是费穆吧。

至于散文和小说，应祀何人？有待诸前辈稽考。

# 大小高矮

自认对相术、风水和占卜等等学问没有才华。生出来，不是那条命。但是人老了，吃亏多了，对于看人，总有点累积下来的经验，而一切有关这方面的书，不也是古人的统计吗？

自己有自己的一套，与各位分享。

通常先分两大类：长得高和长得矮。前者比较单纯，后者古灵精怪。造成高人单纯的原因，大概是他们的血液循环慢了一点，每次血液跑到大脑，要走一大圈，就没那么多时间去想七想八。

矮人不同，刹那间血液已经走了三四圈，令到脑细胞的组织非常灵活，所以他们的思想很复杂，很多剩余的空间去制造多一点的幻想，也常无中生有。另一个原因是矮人从小被周围的高人耻笑，造成一种自卑，也很快地学会保护自己，比人家聪明，才取得一席的地位。这个分析，大概错不了。

“你这么说，是不是暗示我很笨？”身材高的小朋友问。

“比起矮人，高人是笨了一点，但是吃亏是福，也不是矮人能够了解的。”我这么一说，高人小朋友听了比较舒服，反正要说服他们，是比说服矮人容易得多。

再仔细一点，眼睛大的人和眼睛小的人，都可以用高矮的同一道理来分析。

眼大的人不一定看的东西比眼小的清楚，但眼小也是因为外形不佳而产生了保护色。大眼睛的人往往看不通眼小的人想些什么。而他们想的，多数是致命的招数。

“动手术整容，不就行吗？”小朋友问，他自己的眼睛很大。

“没有一个人，做小孩子的时候就去整容的。”我说。

大眼睛人同意，是的，他们也比较单纯。

# 南蛮人

古时候的南蛮，包括广东。

这南蛮小子可真厉害！广东文化，影响到整个中国，甚至海外。

单说饮食，在内地任何一个角落说声“埋单”，已经没有人听不懂。

到处都是“粤式”或“港式”的餐厅，举一个例子：我深夜抵达河南郑州，要找一间地道的菜馆吃夜宵，难如登天，友人带去的都是什么广东茶楼，我坚决不去，车子绕了老半天，结果还是给当地朋友骗去吃广东菜。

餐厅的虾饺烧卖难吃到极点，但是挤满了客人。

为什么？无他，广东点心实在比他们的菜味美，分量又小，不会油腻，变化极多，怎么样都比吃他们的好吃。

说到茶，我们惯饮普洱、水仙、铁观音、六安等等，上海人只会喝龙井，北京人更可怜，喝来喝去都是茉莉花茶，这种东西广东人连个“茶”字也不屑用之，叫为香片而已。

北方人一向较穷，先要填满肚子。像他们包饺子，皮厚如棉胎。渐渐南下，皮愈来愈薄，到了广东，变成云吞，粗面条也变成银丝面，肉包子也同一道理，潮州人已变之为水晶包，是透明的。外江佬惊叹不已。

我最讨厌的是卡拉OK，偶尔被友人强迫去，里面播的尽是张学友、刘德华的广东歌，每个外省女人都会唱，发音准不准而已。

再加上香港电视剧的节奏拍得比别人快，一看就上瘾。在全世界旅行，到了中国餐馆，向伙计讲广东话也行得通。他们一闲下来就看无线或亚视的作品，多多少少都学会几句。广东文化之优秀，是不可置疑的。绝对不是头插羽毛、脸上刺青、身穿草裙、手中举矛的南蛮人也。

# 咪摩

晚上睡眠不足，一早又要赶出门。起身，总有一段时间头脑不十分清醒，做起事来，迷迷糊糊，正经事做不了，将周围物品东碰碰西动动，广东人叫它为“咪咪摩摩”。

咪摩的长短因人而异，我自己大概需要一个钟头。这段时间内像进入了迷离境界（twilight zone），什么事都做不成，看到香烟抽一支，看到茶叶沏一杯，看到花笑一笑，绝对不可坐下，一坐下，瞪天花板，时间一刹那跳过，连咪摩都不咪摩。

总不能那么浪费，只有做一些不伤脑筋的事，譬如我在旅行时，利用它来收拾行李，最好不过，但等到咪摩期一过，一定得巡视一番，不然还是会忘东西的。

冲凉是一个好办法，能有浴缸就浸浴缸，不然淋花洒，效果一样。入浴最能缩短咪摩期，要是不躺在浴缸中睡去的话。

有些长辈和友人用来打坐，也是好办法，我还没有那种功力，只会用吐纳来入眠。

也试过在咪摩期洗碗碟，打烂了几个古董茶盅，放弃再次尝试。

如果咪摩期发生在家，另一选择是煮东西吃，但小心切菜时连手指也剁了。年轻人利用它来开一炮最佳，这种运动，连脚趾公也蠕曲，有益身心。

年纪大了，也可烧香拜佛。

任何事，一以为是负担，就惨了。如果能将咪摩变为乐趣，就轻松得多。咪摩就让它咪摩吧，什么事都不做，有什么大不了的？问题出在有些人，一世咪摩，要是吃得饱穿得好没话说，但是他们的咪摩，是总在抱怨。

不过这也要看用什么角度看人生，别人的眼里，也许我们也在一世咪摩。

好在，自己拼命努力，也有死线相逼，才能挤出文字。这篇东西，也是在咪咪摩摩中创作出来的，敬请原谅。

# 牛豆

到上海，入住花园酒店，路过的一条街上有间吃茶店，外面写“喝茶、聊天、下棋、发呆”几个字。好一个发呆！

发呆广东人说成“发牛豆”。这个人入了神，就用“牛牛豆豆”来形容。牛豆比咪摩还要厉害。咪摩东动一下西摸一下，牛豆则是眼睛半开，望前面，连焦点也没有。一个人在沉思时，别人看来以为他在发呆。发呆是在想东西到进入睡眠，或者睡眠到清醒之间的一个状态。

小孩子的发呆最为可爱，叫醒他们之后总可以看到这个样子，恨不得吻他们一下。

老人的发呆最为可怜，曾经到过温哥华的旧唐人街，在一个五层楼的建筑物窗口中，老人向外望去，一动也不动，像人生终结之前的定格。如果还有思想，应该是胡不归吧？我自己的发呆，通常是写稿写到一半，不能继续，思想由主题飞到十万八千里之外，毫无关联，如果不被自己唤回，也许是进入别人的梦中。简直是浪费生命！分秒必争的香港人骂道。

是的，生活在这个地方，是不允许发呆的。发呆变成了奢侈品，是一种高级享受，劳碌的人绝对没资格做的事！

发呆之后，淌下一滴眼泪，最悲哀不过了；发呆之后，笑了一笑，非常幸福。后者怎么形成？全靠美好的过往。所以说，人生除了储蓄金钱之外，还要收藏光辉的记忆。老了，多多钱也没有用，发起呆来，永远是为生活的挣扎。

想想我们生命中的情绪，回忆当初，记一记我们的好朋友，现在是不是也在发呆？在不发呆的时候最好去银行，千万别将生活弄得单调，而最好的办法，是当人家数绵羊入眠时，我们能够算吃过的每一道佳肴。

停下来发一阵呆吧。

# 在路上

我生长在一个念华校或念英校的年代。两种学校的学生互相歧视，说读中文没有前途，又骂学英文的是卖国贼、亡国奴。黑和白，分得很开。

不去批评，爱好中国文学的学生，读四书五经，《水浒》《红楼》《西游》和《三国》，加上鲁迅作品，他们少读莎士比亚，读外国文学，也限于翻译的俄国作品。

读英校的连金庸也看不懂，看的是史蒂文森、狄更斯和奥丝汀，还有米奇·史宾尼的侦探小说，更喜爱的是一些名人的传记。

求知欲强的一些，虽然上的是中文学校，双方文学都想涉及。我从小爱看书，时常假装肚子痛而不上学，躲在蚊幔中把中国经典都看完，更将翻译过来的《约翰·克利斯朵夫》《战争与和平》《基度山恩仇记》等其厚无比的小说一本本生吞活剥。

但当年，翻译成中文的外国作品毕竟不多，只有学习英文。学校分上下午班，我早上读中文，下午就去教会学校上英文课了。

喜欢看书的人终于集中在一起，我识了老黄和老谢，大家只是十三四岁的小伙子，就喜欢用个“老”字来互称。

经典读过，已不能满足，我们“发现”了一本书，一个运动，那就是《在路上》和Beat Generation了。beat这里可作“打”解，打胜和打败是主观的，一些文艺青年把这个世代翻译成“被打垮的一代”，我并不赞同。

beat也可以变成“节奏”，不过当年最流行的语气，是用在“疲倦”上，像“I am beat”，就是“我疲倦了”。那一代的年轻人，读书、旅行、做爱，都是全力以赴，到最后当然疲倦，并不一定是消极的意思，所以我自己认为译成“疲惫的一代”，较为妥帖。

这一代人叫为beatnik，是取了beat，加上当年苏联打上去的人造卫星Sputnik后面的nik而成，没有什么理由，也不需理由，更不必翻译成中文了。

我们最爱看的书当然是这一本《在路上》（*On the Road*）了，其中的人物是真人的影子，我们除了作者Jack Kerouac之外，也相连“发现”诗人Alen Ginsberg和另一名奇异的特色作家William S. Burroughs。

受的影响并非大麻那么简单，我们热爱旅行，身边国家都流浪过之后，大家在日本京都相聚。当年老黄已经结婚，他当然把我们这些老友的事告诉了画家太太，虽然是第一次见面，已像多年老友，在那天真无邪的年代，好的事物老友共赏，四人大被同眠，好像也是必然会发生的事。一切，好像发生在小说里面。

说《在路上》是一本小说，也不像，它是零零碎碎地记录几个老友一块儿旅行的片段。他们追求的自由思想，才是最能影响到读者的因素。

这本六十年代被捧为圣杯的巨著，最初也想过拍为电影，原作者写了一页纸的信给马龙·白兰度，要他来演Dean Moriarty，而作者则演Sal Paradise。

白兰度并不是一个爱看书的人，认为这个提议荒唐之极，不去理会。后来也有很多人尝试过，原著什么剧情也没有，当然不成功。后来也试过叫Brad Pitt和Ethan Hawke来演，也告吹了。

这本书的版权，被《教父》的导演投得，就算他大名鼎鼎，也没法取得资金。经过多少年后，终于拍成，但很讽刺的是，美国泥土味极重的作品，竟然是由法国人和巴西人一齐出钱，用了两千五百万美金，在加拿大的魁北克开镜。

巴西人出钱找的是巴西导演Walter Salles，他曾经导演公路电影*The Motorcycle Diaries*，给哥普拉看中了，但是，与上海人不会炒广东菜，粤人做不好沪菜同一个道理，这部片没有拍出美国味来。一提起这部名作，许多出名的演员都来跑龙套，Amy Adams、Viggo Mortensen、Steve Buscemi、Krsten Dunst等，连当红的吸血鬼片女主角Kisten Stewart也来了，而且还大脱特脱，但都救不了这部片子。

"疲惫的一代"的书和诗，都充满了缺点，对所谓研究纯文学的人来说，简直进不了任何殿堂，但是这一群年轻人最大的功劳，是种下了一粒很重要的种子。

这粒种子在他们的下一代长成，变成嬉皮士的鲜花运动，美国当年经济起飞，成为富强的国家，也孕育了和当今大陆一样的富二代。

富二代得到《在路上》的启发，旅行去也，不再关闭在美国的封闭社会中，他们在东方的旅程中，知道了冥想，明白了和平，对自己国家在越南战争中的行为非常反感，在消极的抗议中，他们写歌、作词，创造自己独立的思考方式。

这些人，当今都是美国大企业的中坚分子，他们穿牛仔裤上班，满脸胡子，根本就不像个集团主席。但看不惯嬉皮士的酗酒、吸毒、自由爱情的儿女们，长大了反抗，就变成了循规蹈矩的雅皮士，这又是另一个故事了。

# 电影游戏

喜欢阅读的人叫书虫，爱上戏院的人叫电影虫，后者发明了一个电影游戏叫“电影制作人”（Movie Maker）。它的原理是根据“大富翁”改编的，四五个人玩，其中一个兼做银行家，发给诸人资金数十万元。每一个人派一个代表他的模型摄影机，有红、蓝、白、绿、棕等颜色，摔出骰子，玩者依点数在图画板的格子上行进，走入撞到机会的格子，便能抽出摆在板上的纸牌，遇到一组好的工作人员，你付钱雇用；邂逅名演员和名导演，你可以选择要不要聘请，如果嫌太贵，也能放弃。比较精明的玩者通常是先抽到一个剧本，即购买剧后才去物色人选。

每一部电影由一个剧本、一位导演、男女主角各一名和一队工作人员组成，这五者兼得，你就拍完一部片。

拍巨片的导演和演员价钱都很贵，工作人员也要用上两组。拍出来的戏，到处卖座。拍恐怖片最容易，一切从简，制作费不高，可是票房纪录有限。巨片的本钱不够时，用上恐怖片的导演和演员，也会影响票房收入。

或者是一部低成本的文艺片，骰子一扔，走进一个中了奥斯卡奖的格中，身价百倍。相反的，走入一个票房惨败的方位，辛辛苦苦拍成的电影，就血本无归了。

“大富翁”方格中的旅馆，这游戏改成戏院，中了可买可不买，自己拍的电影走入自己的戏院，盈利加倍，倘若走到别人的戏院，则被院商抽得所剩无几。如果你的电影走到慈善义演的格中，这表示做善事又帮助宣传，廉价片子也能收一个满钵。最倒霉的是，走进一格，竟然写着是女主角跳草裙舞，片子就告夭折。

我曾经下过一番功夫，把这个游戏板和纸牌换成目前港台二地的电影工作者，将戏院名改为现在的馆子，得奥斯卡奖变作“跌眼镜”的无端端发达机会。

玩过者津津有味，后来给另一个“电影虫”借去，从此赖死不还。因为他比我热爱电影，就原谅了他。

# 爆炸专家

电影中，一辆车子飞前，撞到另一辆，打三个筋斗，跟着轰隆一声，爆个粉碎。

前一截的戏，由动作指导及亡命飞车手安排，等到车子翻完后，驾驶员爬出来，爆炸专家事前在车中埋好了炸药，用遥控机一按，把车子引爆。

这些爆炸专家都是身经百战的好手，天天与炸药为伍，深识它们的机能，不然很容易闹出人命。

通过他们做出来的效果要越逼真越强才越有说服力。一个炸弹爆在三十呎以外，人飞起，一点刺激也没有，要是在三呎内爆，就威力十足，故专家们尽量使炸药往上冲去，而不横着散开。又用许多水松木屑（钉文件在上面的那种软木黑板），看起来像泥头和弹片炸开，打中人身上不会受伤。

枪战的效果，在枪械管理得严格的国家，都用假枪，安上小炸药在枪口，引爆而似喷火。欧美和泰国、印度尼西亚等地则用真枪，但子弹是没有弹头的。中弹的反应是把一颗小炸药贴在一块牛皮上，扮坏人的演员穿着，炸药上再加一个小血包，用电线或遥控引爆，衣服破洞，血喷出，人假装倒毙。

有些导演要求更高，不要子弹打在身上，而要一枪中额，后脑开花。

这也不难，用一空管通上气体，把一些碎纸屑加凡士林又涂上血浆，空气压缩器一开放，这块东西喷在坏人的额头，便像打了一个洞。

在演员的脑后贴一片牛皮保护，然后将胸口中枪的效果用上，便能达到。

我看过的一次效果最佳的爆炸，是装置在一艘“大眼鸡”帆船上。爆炸技师并不用固体炸药，而是将可以燃烧的气体，分数十条管子布在帆船的四周。

专家并不告诉船家他们要做些什么，船家把船租了，就在岸上看热闹。

专家们布置好了一切，放了燃烧空气，等到恰到好处，一引爆，轰一声巨响整艘船被火焰包围。

爆炸后走近一看，那艘船一点伤痕也没有。只是把那个船家吓得半死。

# 配音

读者来信称对电影的配音深感兴趣，要我多讲点这一方面的东西。

让我们谈一谈什么是配音。

我想最原始的配音是在默片时代吧。银幕上放映着男女拥抱的场面，在一旁有个小桌子，后面站着一个人看着银幕，跟着男主角的口型，大喊：“我爱你，我爱你。”

这个人我们叫他为旁述，广东人称之为“解画佬”，日本名字为“辩士”（弁士）。

遇到中国片子，画面和画面之间出现字幕，解画佬根据画面和文字忠实地讲解给观众听。但是碰上西片，解画佬对英文字幕一知半解，或者完全不懂，就按照在电影画面上看到的东西以自己的理解去说明。反正每晚都是同一部戏，熟能生巧，讲得口沫横飞，有声有色，到最后变成一个与原来剧本完全不同的故事。

出色的解画佬的声技能够令观众入迷。同一部电影给不同的人讲解，效果差个十万八千里。有时解画佬的名字也登在广告海报上，比外国男女主角的还要大。如果这家戏院的老板孤寒，不肯多给工资，解画佬东家不打打西家的时候，观众也会跟着他去，令这家戏院的生意一落千丈。

有声电影出现之后，这些解画佬便随着时代消失了。电影史上从来没有他们的记录，但他们对电影事业也有过贡献。

在东京浅草雷门的后巷中，还可以看到一个小坟墓，里面埋葬的并不是死人，而是解画佬的声音。石碑上刻着“弁士之墓”四个大字，几行小字记载各个出众的解画佬，有些还活到今天。

目前的电影，纪录片还是需要解画佬的，不过他们已不站在银幕之前，而只是在片上配上一条声带。许多纪录片因为旁述讲得不好而失败。有些例子是解画佬能将片子起死回生。先天条件当然是要旁白写得好，再加上一个熟练而活泼的声音，往往能使一部纪录片锦上添花。

可见声音对一部电影来说是多么地重要。

最初的有声剧情片，都是同步录音的。

何谓“同步录音”呢？简单来说，演员在表演的时候，以摄影机拍摄他们的动作，以录音机录下他们的声音，两个机器配合呼应的同时将动作和对白记录下来，便叫“同步录音”。

至于技术上和机器功能上的细节，太过专门，我们这里不赘。

举个例子来说，我们看到周璇演的《马路天使》，便是以同步录音拍摄，我们听到的，的确是她本人的声音。

但是，在目前一般的港台电影，拍摄时不录演员的对白，等待片子剪接完毕后才叫别人配上去，这叫“后期录音”，也称“配音”。

“能听到演员自己的声不好吗？”你说，“何必去配呢？”

这个问题提得好。

的确，我们是应该看到由演员本人讲对白的电影。

我们的电影由美国引入了有声的技术，就保留着这优良的同步录音传统，甚至在电视上看到的粤语残片的新马仔、冯宝宝，都是用他们自己的声音。

同步录音要求演员记牢对白，要求他们发音清晰，要求声音中有感情，要求有真实感，要求生活化，要求震撼力，要求语调上的韵味，要求略带瑕疵的方言腔。要求的东西，数个不尽。

歌舞片兴起时，对白极少，都是音乐，在现场没有办法一个镜头一个镜头地断断续续同步录音，便事前将一首歌曲录成一条声带，在拍摄时播出来，演员跟着歌词张口闭口，这叫“放声带”。

黄梅调片子衰落后，崛起的是武侠片和功夫片，同步录音更是不可能了。因为当时的阿猫阿狗，只要会打，第二天便成为巨星，国语当然不是他们每个人都能讲得好的，所以掀起了后期录音的浪潮，放弃了同步录音的传统。

这个现象，一直流传到今天，观众听不到演员自己的声音，多么可悲！

配音的过程是怎么样的？把导演剪接好的片子，分段地剪出，然后接成一个很大的圈子，在放映机上重复地放映。配音员坐在银幕前，跟随着画面中演员的口型，配上对白。放映室后有个同步的录音机将声音录起来。

我们现在还是用这个落后的办法，先进的地方已经用“乐与滚”的放映机，可以控制片子前进或退后，随时放映任何一段戏配音。中间发现不妥，也不必由头来起。

配音这一个行业不是容易干的。配音员的工作环境永远是在黑暗中，每部电影不管制作费是多么浩大，相比较而言给他们的钱总是少得可怜，而且总是要赶着上映而夜以继日地配。就算不急上片，为了节省录音室的租金，也要配音员以最快的速度完成工作。

每一组配音员都有一个领班。领班不只是领导一群配音员那么简单。有场记详细的对白本当然是好配一点，但是记录得不清楚，那领班还要成为编剧，创出对白。尤其是将粤语翻成国语的时候，某些导演和编剧根本不熟悉国语，就要看领班是否能将对白弄得传神。

熟练的配音员能帮助木讷的武打演员的演技，但是他们戏配得多了，少不了有点职业腔。有些导演会要求新人来配，新鲜感是有了，却少了感情。

小孩子的声音多数是女人配。胡金铨导演的一部片中有个老太婆的角色却用了男声才像。卡通片的尖声，有些配音员能自然地变腔配上。他们的音技是多姿多彩的。

佼佼者之中有已故的张佩山，李小龙的声音便是他的。毛威去了新加坡发展。在香港的有唐菁、张佩成、焦姣、小晶子、乔宏、李岚等等，后起之秀是张济平。

唐菁配音很认真，他一定要在对白本上做三角形或圆圈的记号，以表示何处加重语气，只有他一个人看得懂。

有一次大家恶作剧地在对白表上乱打叉叉，害得他看个老半天。其他配音员都笑到由椅子上跌下来。

我对配音这个行业是尊敬的，但是我反对整个的配音制度。动作片带领港台电影进入国际市场，可是也让我们养成配音的恶习。我自己沉迷其中。以前和美国合作拍戏，一切动作都完美，导演却喊NG，我问其故，导演说声音不好，我才醒觉。

在英语系的片子中，要是演员的声音由别人配，就不能在影展参加竞选。因为，理所当然的，声音，是演技的一部分。

试看我们的金马奖男女主角，哪一个是用了自己的声音？近年来拍的几百部港台作品，来来去去都是那一小撮人配的。

有一年，杨群和柯俊雄都有片子参奖，杨群主演的落选，但是由他配音的柯俊雄却成为影帝，岂非讽刺？柯俊雄的国语说得不准，但是在《香江岁月》中的同步录音，没有影响到观众对他的印象，反而令他的演技更进了一步。

后期录音是落后的。演员水平降低，他们变成不必在语言上下功夫，变成不记对白也行，相等于战场上一个把枪丢掉的兵。

是的，市场在缩小，人力物力价钱提高，拍一部同步录音的戏，要加一成以上的制作费。但是有声电影的初期，不也是照样挨下去！当时的厂棚防音设备还不够，白天拍戏，车子经过要NG，只好晚上静下来的时候拍，但一下雨又是NG，好歹等到雨停了，岂知蟋蟀和蝉声大作，又要泡汤，但还是挨下去！再与现场录音的电视片集一比，配音更显得逊色，不可否认，同步录音带来了强烈的真实感。好在还有些良心的演职员要求配回自己的声音，叶童就是一个坚持这个原则的人。她的声音一点也不好听，但是那么自然、顺耳、有感情。在中国香港、中国台湾、新马的不同市场要求下，粤国语配音员能够生存，何况尚遇有外国片配。但是，配音制度，我却希望它早日灭亡。

## 什么叫制片？

人家问我："你是干什么的？"

"制片。"我说。

"什么？"

"制片，电影的制片。"

"什么叫制片？"这是必然的反问，"主要的是做些什么工作？"

是的，什么叫制片呢？有时干我们这一行的人都搞不清楚。

最原始的定义，制片是由一个主意的孕育，将它构思成简单的故事，请编剧写成分场大纲，再发展至完整的剧本。同时间内，制片接洽适合此戏种的导演、演员和其他工作人员，计算出详细的预算。定了制作费之后，便开始制作。拍摄期间，任何难题都要制片解决。至于拍成，善后的配音、印拷贝，连海报亦要参加意见，一直到了安排发行，贩卖外国版权，片子在戏院上映为止，无一不亲力亲为。笼统来说，是校长兼敲钟。

"那么邵逸夫、邹文怀等，算不算是制片呢？"有人问。

邵先生和邹先生各自拥有片厂，一年制作多部电影，无法对每一个细节都去花时间研究，就交给别人去处理，他们只做决定性的选择。通常，外国人称之为“电影大亨”。我们的地区，在广告和片头字幕里冠上“监制”之头衔。

“那么，监制就是老板了？”你又问。

这倒不一定。监制可能是一个维持电影制作水平的人。他们在故事和剧本上参加意见，控制制作费用，把完成的电影交给出钱的老板，自己领取监制费，或者在总盈利上分到花红，或者在制作费上参加股份。像《双响炮》就是洪金宝“监制”的。

“片头字幕上的出品人呢？那是什么？”

出品人倒多数是“出钱人”了。这些人有的懂电影，有的不懂电影，他们看中一个剧本，或一个导演，或一个明星，做出投资，其他一切却不去管，交给“监制”或者“制片”。片子上映时，总不能在字幕上写明“老板”，所以电影界发明了“出品人”这名称。

“制片既然不是出品人，又不是监制，那么他们的地位是很低微的了？”有的人还是不明白。

要是一个制片没有主见，受到老板和导演左右，替双方打打圆场，跑跑腿，这种制片的确很可怜。这种人不应该被称为“制片”，而只是一个大“剧务”。

“剧务又是什么呢？”

剧务应该是制片的助理，负责安排交通、饭盒子、派通告通知演员集售的时间等等，在一部电影的创作上，亦费了精力。

“制片要替老板控制预算，那不是非要和花钱的导演打架不可？”

导演和制片之间的关系，应该像个夫妇档。制片必须了解导演的创作意图，帮助他们，令到导演想象力变成形象，化为现实。如果斤斤计较地在每一件导演的要求上讨价还价，那只有影响导演的情绪，妨碍他们的创作。

有些个性比较单纯的导演，以为一抓到拍戏的机会，便要求一切尽善尽美，不管投资者的死活，不顾预算的高低，明明不是重点的戏，也当主要戏肉去拍，怀着万一片子太长，可以一刀剪掉的私心，拍个没完没了。这时候，制片要是不会全面性地考虑，整盘计划就要崩溃。所以，他必须向导演申明大义，防止导演的胡作非为。

反之，有的导演太注重预算，主场戏也马虎处理的话，那么制片必须请他们多下功夫和心机去拍摄。花钱的不是导演，而是制片了。

应花的花，应节省的节省，这是制片必须做到的基本工作。这句话说起来容易，实行是非常困难的。哪里是界限？全凭制片对电影的了解是否足够，眼光是否远大。

导演也是人，有他们的自尊和信心。人都有犯错的地方，不顾及导演的情感而当面斥责，坏处必然反映在作品上。让这现象发生，是制片的错。故制片唯有和导演的关系搞得密切。一如新婚夫妇那么如胶似漆，又要在家公家婆面前搞得有体面，才能得到亲戚们的赞赏。

“制片用什么水平去挑选演员呢？”这也是常被发问的项目。

答案当然是以哪一个演员的性格最适合那一个角色为基本。接着，制片要考虑到这个演员对卖座有没有帮助，这也非常现实的，不能自欺欺人的。

他们的片酬是否合乎预算，也是个头痛的问题。钱方面算是解决了。他们是否能够和拍摄日子配合？

被迫放弃某个理想的演员，心里会有阴影，但在无可奈何之下，必须和导演商量改用一名次要的，考虑采用新人。

用新演员是一种极大的赌博，需要勇气和胆色以及眼光。他们的片酬是相对低了，时间上也容易控制。但是花在磨炼新人上的金钱、时间和心血，到头来你会发现和请既成名的演员是一样的。但是在卖座上的风险也大了。不过，培植一个新人冒起，那种满足感是无法形容的美妙。

“制片用什么水平去挑选工作人员呢？”

这主要是靠经验了。

在一部一部片子的制作过程中，你会发现一组工作人员中常有些庸才。制片将把这些人过滤、淘汰，剩下一组精英，一人身兼数职。热爱电影和相处随和的工作人员，能影响片子的进度，以及拍摄中的愉快气氛。整组人是个巨大的齿轮，任何一处不对，都能拖慢制作，破坏片子的旋律。

有的副导演和服装师是死对头，但两人皆为一流高手，那制片就要自掏腰包请他们喝老酒，猜花拳。喝酒不一定行得通，因为有些平常很乖顺的工作人员，醉后必然大打出手。这种情形之下，只好带上妓院啰。

在本地工作还好，但一组人到外国拍戏，一拍就是一年半载，那么，什么人生缺点都暴露出来，本身就是一部恐怖片，一个疯人院。

这时候，唯有容忍才能解决问题。容忍更是最难做到的，到了外地长住下来，缺点最多的往往是制片自己。

“如果你有选择，你愿意当出品人呢，监制呢，还是制片？”朋友问我。

我的答案还是当制片。

不懂电影，出钱的出品人和银行贷款没有什么分别。懂得电影，做重要决策的出品人对一部电影没有全面性的照顾，感情也跟着减少。

监制和制片其实应该是一体的。

制片的工作更详细的分析是非常非常地繁杂，先要了解整个电影界的局面，知道外国和本地的市场。他们还明白片子发行的途径。那又是一门很深的学问。他们必须取得出品人、导演、演员和工作人员的信任。每一个人都有自己的脾气，把一群发了电影狂热的疯子集合在一起，而令到大家不互相残杀，变成一体地工作，是个艰巨的责任。

投资者有时会做匪夷所思的建议，制片需要坚决地站在自己的岗位上，不卑不亢执行自己的工作。成功了不能骄傲，失败了要勇敢地承认为自己的错误。

制片应该也会导演。至少，他在谈剧本时必须和导演一块儿将一场戏在脑中形象化，判断是否得到预期的效果。至少，他在整个剧本里必须和导演一块儿在脑中“看”完一出戏。

制片应该每天看导演拍摄出来，而未完成的影片，并且要会将一个个零碎的镜头组织起来，了解这场戏是太多或是缺少了什么镜头。

“我们在这里加一个特写，是不是更有力？”制片问导演道，“当然，还是以你的意见为主，由你去决定。”如果导演还是一意孤行，那你又知道少一个特写不影响到整体的戏时，制片只有装聋作哑。但是，这个特写是决定性的、会令整体的戏更好时，制片必须坚持。坚持也是很难的，与导演争论得脸红耳赤是低招，命令更是低低招。

最好是说服摄影师、灯光师，甚至于服装道具，让他们向导演左一句右一句，到最后让导演来和制片说：“这个特写是我自己也要加的。”

“制片不是生下来就会的，要怎么样才能当上制片？”对电影有兴趣的年轻人问。

当制片没有什么学校教的。只要有志向和累积地学习。制片最好由小工做起，先是场记、副导演，或是由剧务的跑腿，行内所谓的“蛇仔”，慢慢升到剧务、助理制片。他们要懂得电影制作中的每一个过程，摄影、灯光、服装、道具、剧照、化装，等等等等，才能略有当制片的资格。

在这过程中，制片了解了各部门所需的器材和它们的性能。单说摄影，制片就要知道什么情形之下用大机器米却尔，什么情形之下用小机器亚里飞斯。亚里飞斯也分，二号者，只可拍摄事后录音片子，因为一开机就吵个不停，三号和BL型就能同步录音，它们很静，但市面上没有几副，制片要一个电话就打到可以租赁的地方。什么情形之下，可以说服导演和摄影师用二号机，什么情形之下，移挪制作费去租昂贵的沙龙公司代理的潘那威信机。

镜头有快慢，夜景时用快镜头可以省下灯光器材的租金和打光的时间。这时候，是否要配合采用感亮度强的底片？底片之间，要用柯达的还是富士的？后者较便宜，但需要考虑和整部片的色调是否统一，微粒会不会太粗，底片经过时间储藏将有褪色的现象吗。这又要涉及黑房冲印技术了。哪一家最好？哪一家能够帮助摄影师“推”高一个光圈或两个光圈，而微粒照样不变？这一家黑房，能够不能够做到摄前曝光或摄后曝光，以让片子有一种朦胧而怀旧的效果？本地不行，是否拿去东洋或东京或东映现像所？寄到澳洲，或者英国兰克，或者好莱坞的电影实验室公司？他们的价钱要比本地黑房贵多少？我们是否有这种时间和金钱上的预算？进一步，又关联到是用新艺综合体拍，或者是用标准方式？后者的镜头光圈也大得多。用标准方式，是用一比一点八五，还是一比一点六六。前者太过窄长，重叠中英文字幕占去太多的画面，还是一比一点六六比较适合我们的电影，一点六六的画门和磨砂玻璃难找……

永远的问题。

“你讲的东西都太专门，烦死人了，还是谈些有趣点的吧！你们做制片是不是常有女明星跟你们上床的？”朋友嬉皮笑脸地问。

咬大雪茄，双手拥抱两个金发肉弹美女的制片，只是漫画型的幻觉。

制片的确很容易接近女演员，偶尔也得到她们的青睐。但是，万一让占了便宜，第二天，她们拍戏迟到，导演骂她们的时候，她们来一句：“哎哟，昨晚制片你搞得我死去活来，我怎么爬得起身呢？”那不是完蛋了吗？

我要警告他，制片人多数有个悲剧性的宿命。人生注定有起有落，所制的电影赚个满钵的时候当然意气风发，但一连三片不卖钱的，就没有人问津。聪明的制片人多数先搞好发行和经营戏院，变成所谓的电影大亨。如果你做不到，那你要学会在低潮时还默默耕耘，静观自得地挨过这个难关。最好有个副业，像写写专栏。

上面所讲的只是些个人的唠叨，大部分只是吹牛。做制片我还是个小学生。本地杰出的制片人不少，希望他们完成我办不到的心愿。

# 雷大师

印度一年拍三百多部电影，闻名于世的导演是沙查地·雷。

二十年前，雷夺得许多国际影展的大奖。当时他以黑白的摄影、清淡纯朴的电影手法去描述一个印度青年的成长，的确是经典之作。

有一年香港国际电影展请他做嘉宾，但不知什么原因，他有一个受冷落的感觉，在香港很孤独。

胡金铨早与他结识，请他到家里去吃饭，客人还有胡菊人、戴天与陆离。

《我们的电影，我们的电影》，读后发现他的电影工作所遭遇到的难题和中国电影一样。做艺术家的困苦，也是不分国籍的。我很喜欢这本书，当晚带去准备请他在书上签个名留念。

雷一进门，我发现他是一个高六呎一二吋，魁梧、英俊的男人，皮肤并没有一般印度人那么黑，像南意大利人。

他有一股高傲的贵族气质，但语气柔和，给人一种容易亲近的感觉。

我们围着他喝酒闲聊，非常融洽。

“我的电影在印度并不受欢迎。”他说，“因为戏里没有歌，也没有舞，更不是长达三小时的片子，而且用的是方言，并非普遍的印度语，自然观众难接受。即使我拍印度语电影，印度观众也觉得格格不入。反而，在英国、欧洲其他国家里，我找到一群喜爱我的电影的观众。”他的言语中带着无限的悲伤。

陆离如数家珍地从他第一部电影谈到最近的一部，而且还能把每部片的内容和技巧描述。

我第一次看他笑了，笑得很开心。他的电影，在那么遥远的海外有一个知音，也够了吧，我想。

一直以为陆离只对杜鲁福较偏爱，哪知道她对雷的认识也那么深。

比起她，我真是幼儿园的学生，那本雷的著作，留在我身边不如放在她家好，便送给了她。

# 岳老爷

每次出门，回来后总听到一些认识的人过世的消息，这一回是老牌导演岳枫。岳枫，我们在邵氏片厂的人都叫他作岳老爷，也真有一副老爷相：头已秃，身材矮小，但非常健壮；戴很深的近视眼镜，笑眯眯的，永远看不到他的眼珠；嘴上不停地抽雪茄，吝啬地吸到很短，却不肯扔掉——会抽雪茄的人，才能领悟，最后那几口，才是最香的。

祖籍龙潭的岳老爷，原名笪子香，有个很稀奇的姓氏。生于一九一〇年七月二十九日，走的时候加了三岁，超过九十，应是笑丧，不必太为他的家人难过。从前的电影工作者都懂文学，爱电影，对这一行的各个部门都经历过，才选一个岗位。岳老爷学了摄影、冲印、剪辑、场记和副导演之后，才正式导了《中国海的怒潮》，从小学习电影，当年也只有二十三岁。

接着的四十几年电影生涯中导了七十九部戏。白光成名之作《荡妇心》就出于其手，也敢用无名的胡金铨为主角，拍了《畸人艳妇》。《燕子贼》一片中，他第一次用打筋斗拍飞檐走壁，是所有的武师想不到的手法。

当邵氏出品古装巨片时，岳老爷的作品有《白蛇传》《宝莲灯》和《妲己》等。后来黄梅调没落，武侠片兴起，他拍的《夺魂铃》是一部很标青的打斗片，接着有《金衣大侠》《群英会》和《恶虎村》等。

岳老爷思想保持一贯的“左倾”，邵爵士曾经笑说：“什么剧本一到岳枫手上，总加了一两场农民拿锄头起义的戏。”

在晚年，岳老爷最大的乐趣是去友人的葬礼，他活得久，见和他同样喜欢“挖花”这种游戏的人一个个先走。在葬礼上遇到他，他总是笑嘻嘻的，一点也不悲伤，望上面，说：“又一枝脚来了。”终于，他也打一份，玩去。

# 白光

都说过，每次出门，回家后翻阅旧报纸，总有一两个影坛故人逝世的消息。这一回是白光，我从来不认为她美丽，但是说到女人味，灵秀跃于稿纸上。白光的歌留世的很多，《假正经》《等你回来》《三年》等，年轻人也会唱？那种迷人的低音，只能用空前绝后来形容，蔡琴重唱也唱不出。

只见过白光几次。十多年前香港一班有钱的上海人搞怀旧，特地请她来唱几首歌。这群人当然不像外国佬那样来一个起立敬礼，还一面吃东西一面谈生意。席中夹几个老八婆交头接耳：“已经沙哑得听不进去了。”唉！

当时，很好奇地问爸爸：“白光是怎么样的一个女人？”

家父和她一起旅行过几次，算是谈得来的人。老人家回答：“一说话大胆得不得了，很真，绝对不假。爆粗口骂人，也不觉她讨厌。”

后来在尖沙咀也遇见过她几次，每一回都互相打招呼。没有介绍，我不知道她怎么认出我，也许有朋友告诉她我是某某人的儿子。

如果我早生数十年，一定被这位前辈迷倒，我一直喜欢至情至性的女人。看白光少年的经历：十七岁时已和“北京学生话剧团”的教授订婚。（一说只有十五岁。）恋爱失败后考取公费赴日本东京女子大学艺术系留学，日语顶呱呱。一九四二年开始去上海演唱，并首次当女主角，拍《桃李争春》。战后到香港拍片，成为最有名的女明星，有“一代妖姬”之称。

一九五三年嫁了美国飞行员，她干脆叫自己老公为“白毛”。共赴东京，开夜总会，主演东宝的《恋爱蓝灯》，离婚后返港拍片，并当导演，拍了《鲜牡丹》和《接财神》。

这么神奇的一生，所遇男人无数，歌词中的“假惺惺，假惺惺，做人何必假正经？”正是针针见血地击中男人的要害。佩服得五体投地。

# 忍

近年甚少看电视，反而这次回家看个饱，陪母亲在客厅坐，无事做时便开电视。

出现了王沙、野峰的旧片段，那是十年前录的。王沙和野峰这对新加坡最出色的相声人才，当年我在邵氏任职时曾请过他们来香港演出，拍了一系列的《阿牛出城记》电影，大收特收，老一辈观众也许会记得。

拍戏时，野峰好玩，住酒店，方便他快活。王沙则和太太住影城宿舍，夫妻常来家吃饭。茶余饭后的交谈中，发现王沙做人甚有修养，天南地北话题都搭得上，而且有独特的一套哲学，归结在敦厚上。

野峰赚钱不少，据说在某方面有过人之处，理财方面则远不如王沙。

晚年，他们的演出越来越少，有些观众认为他们的笑话落伍，主要是两人性格不合，时有争执。说也奇怪，全世界的二人合作艺人，都有这个毛病，没有一对是能终生结伴的。也许是因为不同，所以才能擦出火花；也因为不同，终于不能互相容忍。

但是，当碰在一起，光辉便产生，看他们的旧时相声，觉得当今的谐星，水平远不及他们两人。

其中一幕出现在老人院，王沙是待死老人，野峰来看他。王沙劝野峰说：“不如大家移民到英国去。”

“英国？”野峰说，“我们又不会说英语，怎么住得下？”

“那边有许多美女阴神，像林黛，像乐蒂，像玛丽莲·梦露。”王沙说。

野峰大悟：“原来你说的是阴国！”

话题一转，野峰说：“我带了许多婴儿尿片来送你，护士说你尿，为什么不忍？”

王沙懒洋洋地说：“年轻时，尿可忍，气不可忍。年老了，气可忍，尿不可忍。”

# 二窟

小时候读电影书籍，书中说名导演马荣·李莱经常来香港。

为什么来香港？拍戏吗？旅游吗？

答案完全不是：他来香港制造玩具。

很多电影人除了电影，一生人不会干别的，他们以为电影已是一切，做其他事全部是旁门左道。生意更与艺术搭不上关系。

殊不知电影是一种燃烧生命的行业，那么多人在干，失败者居多，标青的，少之又少。一直维持在顶峰是个梦，现实中根本不可能，就算卓别林、寇比力克等等聪明绝顶的大师，至晚年，也呈现疲倦。

生涯之中，总是有起有落。电影人，大多数以为自己是天才，只有往上爬，一部比一部卖座，没有倒下来的日子。电影行业那么吸引人，是有它的道理的。

就算一直倒霉下去，一天忽然拍部莫名其妙的戏，即刻翻生。所以大家都死守下去。

一部电影的卖座，全靠天时地利人和，有时拍得怎么好，仆街就仆街。

电影人不信邪："我从前也拍过卖座戏，这一部不行，下一出证明给观众看。"

从前是用别人的钱拍的，现在为了证实自己的才华，把老本也投资下去。这一铺，又完蛋了，储蓄花光。

美国还有社会福利，香港人只缴十五个巴仙的税，一切靠自己。到了晚年，潦倒的不少。昔日风光，很难回头。享受惯了，余生怎么过？

所以在有钱的时候应该做点小生意，最好是自己爱好，像童心未泯的李莱，有什么比做玩具更好？只要不烧伤自己的投资，年轻时就得做。

而人生最大的投资，莫过于培养本行之外的兴趣，专心研究，成为副业。所谓狡兔三窟，电影人的聪明，何止狡兔？至少也要二窟呀！

# 十大电影

最近在微博上，有许多网友问我最喜欢的十部电影是什么。忘记我有没有写过，但是像喜欢看的英国电影杂志《视与听》（*Sight & Sound*），每年都要选一次，每回有点更换，我那十部如下，却不变：

一、《二〇〇一年太空漫游》（*2001: A Space Odyssey*, 1968），Stanley Kubrick导演。这是一部空前绝后的电影交响曲，主题是人与计算机。开场决斗那段，大家都看得懂，一下子被吸引，其他的莫名其妙，但每看一次就多了解一点，像交响曲每听一次就听出一种乐器，乐趣无穷。在科幻片中被称为“母亲”，以后拍的都是徒子徒孙，五十多年前拍的，到现在还没有一部超越得了它。

二、《金玉盟》（*An Affair to Remember*, 1957），Leo McCarey导演。雅俗共赏的片子，说是容易，其实很难，得天时地利配合得好，美男美女的组合，加上那美丽的爱情故事，成为永恒的经典。之后的好莱坞电影，有多部是拍来向它致敬的，主题曲摄人心魄，总令人毕生难忘。

三、《世界的每一个早晨》（*Tous les Matins du Monde*, 1991），英文名*All the Morning of the World*。故事说一个演奏

古乐器的音乐家，为荣华富贵牺牲所爱而后悔终生，男主角由Gerard Depardieu扮演，年轻的由他的儿子Guillaume Dedardieu扮演，无论在选角、摄影、灯光、道具、服饰，都是天衣无缝的。

四、与上一部片同样题材，也是Stanley Kubrick导演的《乱世儿女》（*Barry Lyndon*，1975），该片是历史剧，故事老套得不得了，和粤语残片谢贤演的不顾一切往上爬的年轻人一样，但拍出极高的境界来。值得一提的是它的摄影，每幅画面都像名画的重现，不打一支人造灯，靠太阳和蜡烛照明，前所未有。

五、《城市之光》（*City Light*，1931），卓别林导演。他的电影可选入的多不胜数，像《淘金记》、《摩登时代》和《大独裁者》等等，为什么是这一部呢？因为它是完美的，卓别林为了它差点陷入疯狂，后期工作也花了近两年。故事围绕着流浪汉和一位盲了眼睛的卖花女，他不顾一切地赚钱医好她，卖花女看见东西之后，每天等待着这位公子哥儿到来，最后看到的是一个流浪汉，而不敢认出是他。此片的主题曲是后来才加上去的，作曲的当然也是卓别林本人。

六、《黄昏恋人》（*Love in the Afternoon*，1957），Billy Wilder导演，I.A.L. Diamond编剧。他们两人合作的经典众多，我常犹豫要选这一部或者是他们的《热情如火》，但再三的思考之下，还是觉得它编剧手法是可以作为教科书的。合情合理的笑料不断出现，又温情无比，绝对值得一看，主题曲《诱惑》（*Fasination*），至今还是萦绕于耳边。

七、《北非谍影》（*Casablanca*，1942），Michael Cutiz导演。在电影工厂制度下拍出的雅俗共赏的经典，导演也是一位极平凡的人物，本片的成功是属于奇迹类，不可多得。故事传承《双城记》为爱人牺牲自己的精神，女主角Ingrid Bergman当年最成熟迷人，男主角 Humphrey Bogart为一极丑的人物，也不懂什么叫演技，但就当红，有什么话说？配角Claude Rains和 Peter Lorre都是完美的配搭，主题曲《时光的消逝》（*As Time Goes By*）由Herman Hupfeld所作，无人不晓。负责全片配乐的是Max Steiner，《乱世佳人》也是他的手笔，戏中被盛传的对白“再奏一次吧，森姆”（Play it again，Sam），在片中没有讲过。

八、《七侠四义》（*Seven Samurai*，1954），黑泽明导演，一向被认为是武侠片，但绝对是一部完美的电影，手法、演员和其他部门的制作，都是顶尖的，连一个酒壶也考究一番，片中的打斗，人、马、大雨和泥泞，都极难拍出。胡金铨曾经说过，也许有一年他会拍出比此戏更高的水平，但永远没有那么强的精力去拍那场打斗戏。

九、《捉贼记》（*To Catch a Thief*，1955），Alfred Hitchcock导演。Hitchcock电影以悬疑、惊悚见称，其实他底子里是位柔情的人物。他大概极爱女主角 Grace Kelly，但又追求不到，把她拍得美如天仙，又非常性感。戏中美景如画，又加上巧妙的破案情节，令观众一看再看，无论是年纪大小。

十、《野蛮人的侵入》（*The Barbarian Invasions*，2003），Denys Arcand导演。这部戏大概没有一个影评人会选中。喜欢的原因是它能用最愉快的方法去讨论死亡，看完之后的淡淡忧愁，所讨论的观点，已超越了人文和道德。虽然少人欣赏，但此片得过二〇〇四年法国最高的西泽奖和最佳编导奖，第七十六届奥斯卡金像外语片，也给了它。

## 意见

做了电影监制工作四十年，还不知道走的路线对不对。我生长在一个电影的黄金时代，拍什么赚什么，所以也没有预算，总之要把戏拍好。

当今的影坛已没那么幸福，要找到人投资，是极不容易的事，但为什么你看到一部拍完又一部，还是不断地有新片出现呢？

要明白的，是电影为一场梦，你想看到的，现实不存在，但戏院里有。所以我们在儿时，漆黑里寻到快乐，就会着迷，外国人说，是被菲林虫咬到了。

马上上瘾，又看到许多愚蠢的劣片，你就会说："怎么拍得那么差？我随便来几下，就会拍得好过你。"这时，你就想当导演，拍部比别人更好的戏给人看看。

这群着迷的人不断地说服别人给他们钱拍戏，有些富裕的也蠢蠢欲动，想去投资，所以电影就一部又一部地拍下去。这中间又有一种叫监制的人穿针引线，三个怪物聚在一起，梦就做成了。

当然也有所谓的电影大亨，他们资金雄厚，背后又有银行，或什么基金，一年拍个十几部，有的赚，有的亏。一直拍下去，直至亏的居多，倒下来为止。

比起好莱坞，东方的电影像山寨的胶花厂，因成本较低，可以没有剧本就开戏，也能够一面修改一面拍摄，把菲林当成稿纸，不如意的话，扭成一团扔进废纸篓。

好莱坞不行，一天的外景费用就要一两百万美金，所以他们非有一个完善的剧本不可，绝对不会允许导演拍得过长，把一整段戏剪掉。

那么他们拍的都是商业电影吗？也不是，总有小成本的艺术片出现，但是他们的目的鲜明，知道市场在哪里，要拍曲高和寡的，也行，但他们不会盲目地、贪心地要求作品赚大钱，又得很多金像奖。

和他们比较起来，我们是一个任性的孩子，浪费大把制作费，片子太长就剪，拍完再说。有的导演简直爱上他们每个拍过的镜头，不肯缩短，结果总闹得一部戏拍成上下两集来。而分上下两集的，失败作居多。

好莱坞戏也有分几集的，他们拍了前传，再拍后传，或者相反，但每一部戏都有一个独立的故事，绝对不会无头无尾，不管你怎么看，都没有且听下回分解的。

在电影工厂年代，制作人的权威是高高在上的。像张彻的戏，永远拍得过长，这么一来放映的场数就减少，收入也不多了，那怎么办？邵逸夫先生一下令就交给剪接师姜兴隆和我去处理了。

我们往往会把一些无关重要的戏先整段删去，如果剧情连接不上了，就请导演拍多一些其他镜头来说明。或者，我们会把重复又重复的打斗场面剪掉，这么一来，干净利落，再把剪好的版本给导演一看，也就没有反对的声音了。

剪掉的，都是钱，都是心血，何必那么浪费呢？我们在看剧本时，已知道这一段是多余的，这个人物对说故事没有帮助，与其事后剪掉，不如在看剧本的阶段，做好这些工作，但当今有谁会看剧本呢？

把意见说给导演听，他们都会当你是一个要来抢儿女的歹徒，他们已经进入了沉迷的阶段，永不清醒。这时候有权力的投资者，或他们信得过的监制，就应该出声了，不坚持的话，永远是浪费。

严守住制作成本，是好莱坞最大的工作，每场戏要拍几天，算得好好的，一超过了，监制就会要求导演删掉其他的工作日来补码。东方导演去了好莱坞，当然不爽，认为你这么限制，那怎么还有神来之笔？

当监制的人也不是永远是对的，但他们总是一个旁观者，很清楚地看到整个局面，他们的意见，不应该忽视。所以说监制和导演是一个夫妇档，应互相扶持。

一生人看过无数剧本，我当今很有把握地告诉人：

第一，你想拍的是什么戏？文艺的，只想得奖的，还是想赚钱的，请别混淆。曲高和寡，是寡呀，不应该想丰富的收入。

第二，剧本一场场地研究，这一场想说些什么？与前后有没有呼应？每一场在上映时有多少分钟？加起来，你的剧本已是四小时了，就应该在剧本中删减。

第三，故事是否大家都看得懂？你想拍抽象的，没有人看得明白，只想得奖的，也行，就不必求个盆满钵满。电影还是有基本原则的，要大家都看得懂。

第四，把制作费放在哪里？大明星身上当然有保障，未成名演员是种冒险，大家都知道，但你的制作费是多少呢？要卖多少钱才可以赚回成本呢？非事前计算好不可。到最后，还是要有一个完整的故事，就算有庞大的制作费，也要先从小拍起，到大为止，一相反，永远吃力不讨好。

第五，这个导演虽有名气，但得研究他的个性，是不是一个自我满足，每天在打飞机的？你要花钱让他去打飞机，也要心甘情愿，不可以事后踢自己的屁股。

第六，如果你是想捧红一个小明星当禁脔的话，别拍电影，买房子买钻石，会便宜得多。

第七，……

意见没完没了，但谁会听呢？

出 品 人：许　永
出版统筹：海　云
责任编辑：钱飞遥
封面设计：刘晓昕
印制总监：蒋　波
发行总监：田峰峥

发　　行：北京创美汇品图书有限公司
发行热线：010-59799930
投稿信箱：cmsdbj@163.com

创美工厂
官方微博

创美工厂
微信公众号

小美读书会
微信公众号

小美读书会
读者群